O irmão mais velho

Daniel Mella

O irmão mais velho

TRADUÇÃO
Sérgio Karam

autêntica contemporânea

Copyright © Daniel Mella
Publicado mediante acordo com a Casa Editorial HUM.

Título original: *El hermano mayor*

Todos os direitos reservados pela Autêntica Editora Ltda. Nenhuma parte desta publicação poderá ser reproduzida, seja por meios mecânicos, eletrônicos, seja via cópia xerográfica, sem a autorização prévia da Editora.

EDITORA RESPONSÁVEL
Ana Elisa Ribeiro

EDITORA ASSISTENTE
Rafaela Lamas

PREPARAÇÃO DE TEXTO
Ana Elisa Ribeiro

REVISÃO
Marina Guedes

CAPA
Alles Blau
(sobre imagem de Mexrix/Shutterstock)

DIAGRAMAÇÃO
Waldênia Alvarenga

**Dados Internacionais de Catalogação na Publicação (CIP)
(Câmara Brasileira do Livro, SP, Brasil)**

Mella, Daniel
   O irmão mais velho / Daniel Mella ; tradução Sérgio Karam. -- Belo Horizonte : Autêntica Contemporânea, 2022.

   Título original: El hermano mayor

   ISBN 978-65-5928-172-5

   1. Romance uruguaio I. Título.

22-109009   CDD-ur863

Índices para catálogo sistemático:
1. Romances : Literatura uruguaia ur863

Cibele Maria Dias - Bibliotecária - CRB-8/9427

A **AUTÊNTICA CONTEMPORÂNEA** É UMA EDITORA DO **GRUPO AUTÊNTICA**

Belo Horizonte
Rua Carlos Turner, 420
Silveira . 31140-520
Belo Horizonte . MG
Tel.: (55 31) 3465 4500

São Paulo
Av. Paulista, 2.073 . Conjunto Nacional
Horsa I . Sala 309 . Cerqueira César
01311-940 . São Paulo . SP
Tel.: (55 11) 3034 4468

www.grupoautentica.com.br
SAC: atendimentoleitor@grupoautentica.com.br

Para minha família:
sem vocês não haveria história.

Sua morte vai cair num 9 de fevereiro, para sempre dois dias antes de meu aniversário. Alejandro terá 31 anos na madrugada desse dia cuja luz jamais verá e na qual, de quatro irmãos, passaremos a ser três. Eu, o mais velho dos filhos homens, vou estar beirando os 38. Nesta mesma manhã, mamãe (64), sentada a meu lado, de óculos escuros, diz:
— Por que justo ele, que gostava tanto da vida? Por que Ale, quando há outros que vivem se queixando de tudo?

Enquanto papai (69) e Marcos (27) se dirigem a Playa Grande para reconhecer o corpo, no pátio de trás da casa de meus pais eu cevo o mate para as visitas: os primos, os tios, vários vizinhos. Como ninguém para quieto, fica difícil me lembrar da ordem da ronda. Mamãe não estava muito errada.

Você tem razão, respondo. Teria de ter sido eu.

Mamãe bufa, não quis dizer isso. Mas eu lhe digo que teria sido o mais justo. Ou não? Quem é o pessimista aqui?, pergunto a ela.

— Por que tudo sempre tem de ter a ver com você? A verdade é que ultimamente não sei o que está acontecendo com você. Você estava melhor, mas ultimamente não sei.

Pergunto-lhe quando foi a última vez que me viu feliz. Mas feliz como Alejandro, digo: explodindo de felicidade. Cada guisado que comia era o melhor guisado que amoroso". Gostaria que deixassem de falar assim, tia. Você não sabe o quanto temo por Paco. Quer um mate?

— Sabe o que o seu irmão me disse da última vez em que o vi? — me pergunta ela então. — Disse que levava fé naquela guarita.

A última vez que ela viu Alejandro foi numa noite há duas semanas, em La Paloma. Papai também estava lá: tinha ido passar uns dias com ela e com o tio, e também acabou sendo a última vez que papai o veria. Naquela noite iam fazer umas pizzas no forno de barro e, sabendo o quanto Ale gostava delas, ligaram para ele dizendo que fosse para lá. Mal saiu da praia, Ale pegou o ônibus em Santa Teresa. A tia, sabendo que Alejandro acampava, tinha perguntado a ele onde dormia com as tempestades que andavam acontecendo. Ele respondeu que ia para a casa de uns amigos cruzando o morro Rivero, mas que às vezes ia para a guarita de Playa Grande.

— Dá para acreditar? — diz a tia. — Um salva-vidas, um surfista, que sabe o quanto a praia é perigosa quando há uma tempestade elétrica. Ele dizia que a guarita aguentava há não sei quantos anos sem que nada acontecesse, que tinha sobrevivido a vários invernos sem que o vento a derrubasse nem que fosse atingida por um raio. "Levo fé naquela guarita", ele me disse.

Eu não sabia que Ale tinha dito isso. Nunca tinha saldo para ligar para ele. Nos mandávamos mensagens ou ele é que ligava, e nunca havia dito que dormia na guarita para se proteger. Nem uma única vez me passou pela cabeça que ele pudesse estar em perigo por causa das tempestades. Naquele verão, eu tinha outras preocupações.

— Não sei se desta vez não ficou sabendo que vinha uma tempestade ou o que foi que aconteceu, mas é horrível, você não acha? — diz ela.

Levava fé naquela guarita. Deixou o corpo num lugar no qual levava fé. Não sei se é tão horrível, disse a ela.

– Admiro sua capacidade para a dor – diz a tia depois, limpando as lágrimas com as unhas dos polegares.

O que você está dizendo, tia?, pergunto a ela.

Toma o mate, assentindo ao engolir.

– Te admiro de verdade – diz.

Não sabe o que diz, mas não importa.

No gramado, junto à glicínia, Enrique está tomando seu próprio mate com Guido. Enrique é magro, o rosto chupado pela falta de dentes. Julio é barrigudo e nunca o vi sem bigode. Desde que consigo me lembrar, moram um ao lado do outro, em diagonal à casa dos meus pais. Guido continua sozinho quinze anos depois que sua mulher o deixou, continua a dirigir um táxi à noite e, ao menos exteriormente, se encarrega de manter sua casa em bom estado. A única diferença entre sua casa de antes e a de agora é o muro que a separa do criadouro de ratos de Enrique, que tem o terreno todo coberto de lixo. É um muro de mais de três metros de altura porque Enrique, que diz trabalhar como reciclador, deixa o lixo empilhado numas estruturas monstruosas de madeira e lona. Da rua não dá para enxergar nem ordem nem harmonia naquele lixo. O que se vê é um monte de toldos atrás dos quais mal se insinua a casa de tijolos de cimento construída ao fundo, que, já em minha infância, era uma ruína.

– Esses dois não se odeiam? – diz tia Laura. – Dá para ver que hoje vale tudo.

A manhã de 9 de fevereiro me pegou na casa dos meus pais. Meus filhos também estavam lá. No dia anterior, segunda-feira 8, eu os tinha trazido para verem os avós, e como a prima deles, Catalina (16), filha de Mariela (39), também estava lá, terminamos acampando na sala.

A primeira coisa que ouço ao passar pela porta e entrar na cozinha é Mariela e as crianças decidindo que filme iriam ver, a uma parede de distância, em meu quarto, que agora é o estúdio do meu pai. Mamãe, ainda com óculos de sol, ocupa a poltrona em frente à televisão sem som. Por vezes olha para a tela e por vezes olha para as mãos no colo. Mal me vê e levanta a mão direita, mostrando-me seu celular num gesto estranho, como a me cumprimentar, enquanto com a outra mão se aferra ao controle remoto.

– Você se anima a mandar uma mensagem para Alejandro? – me diz. – Estou tentando, mas não distingo as teclas.

Alejandro não está, digo eu. Como vou lhe mandar uma mensagem?

– Escreve assim: *Ale, me diz que não é você. Mamãe* – diz. – Pode ser que não seja ele. Pode ser que tenham se confundido.

De repente estou de cócoras tirando o telefone da mão dela, nossas cabeças praticamente na mesma altura. Explico-lhe, falando como se fala com os surdos, vendo a mim mesmo em suas lentes escuras, que os amigos do Ale ligaram. O que o encontrou morto foi o Anão, que trabalha com ele, que o vê todos os dias.

– Se foi atingido por um raio, talvez estivesse irreconhecível – diz ela.

Nesse momento Mariela surge do corredor com o telefone fixo ao ouvido. Se dá conta de que algo estranho está acontecendo e pede um momentinho ao interlocutor, tapa o bocal e crava em mim os olhos amarelos.

Mamãe quer que eu mande uma mensagem para Alejandro, explico a ela.

Mariela reflete por um segundo, em seguida me diz para enviar a mensagem.

Que mande a mensagem? Que mande uma mensagem de texto para Alejandro?

– Manda e pronto – diz Mariela, e volta por onde tinha vindo. Ouvimos quando ela se fecha no quarto de casal. No pátio ninguém parece estar prestando atenção em nós. Alguns foram até o gramado, até o sol. Então me ocorre que posso ligar para ele. Posso ligar para meu irmão e ver quem atende. Cometo o erro de dizer isso em voz alta. Mamãe se desespera.

– Não! – diz. – Não ligue para ele, não ligue para ele!

Por que não? Se eu ligar, economizamos tempo.

– Manda uma mensagem e me dá o telefone e esquece, se te incomoda tanto.

Mas não vou conseguir esquecer. Vou ficar como ela, esperando que alguém responda à mensagem e que quem o faça seja meu irmão, que já não vê nem ouve, nem tem voz, nem tem dedos para mexer no seu iPhone.

– Manda a mensagem e me dá o telefone, por favor – diz mamãe.

Mal mando a mensagem e mamãe me arranca o celular das mãos. Diz:

– Você não escreveu o que te pedi.

Te amo, chupa-picas, eu tinha escrito.

– Você acha isso bonito? – diz mamãe depois de ler.

De uma hora para outra, sinto as primeiras lágrimas do dia. Com seu silêncio, no qual praticamente posso me apoiar, mamãe sonda minha dor, mas minha dor não é minha. Como havia previsto, sem que o possa evitar, em minha mente se forma a imagem de Alejandro ainda vivo. Não há nenhuma chance, mas eu o vejo voltando da casa de alguma garota, chegando tarde ao trabalho, cansado e meio bêbado. Mamãe parece aliviada, agora que bebemos do mesmo charco miserável.

— Quando estávamos lá fora — diz então, delicadamente —, não quis dizer que preferia que fosse você em vez de Alejandro. Jamais diria algo assim. Você me interpretou mal.

Não precisa se preocupar. Se há um dia para se ficar louco, é hoje.

Ela diz que vai aproveitar para descansar um pouco.

Pouco tempo atrás, em setembro, Mariela havia enterrado Milena, sua bebê, portanto sabe exatamente quais os trâmites a fazer. Tinha os números todos numa agenda e agora se encarrega das ligações pertinentes. Mauro, seu companheiro, com a mesma experiência, ofereceu o carro para levar papai e Marcos até Rocha. Sentados à mesa da cozinha, com o filme da gurizada soando ao fundo e mamãe tentando dormir no quarto, Mariela me dá detalhes do processo:

— No necrotério, vão abrir o corpo para ver do que ele morreu. O mais provável é que seja de uma descarga elétrica, mas é preciso eliminar as demais possibilidades. Amanhã, às onze horas, o corpo vai chegar à funerária Salhón, ao lado do shopping. Aí nós, da família, vamos ter duas horas para estar com ele.

Ela fala como se já tivesse acontecido.

— Vamos convidar as pessoas de uma às três. Às três sai o cortejo, e no Parque del Recuerdo, onde enterramos a bebê, vai haver um culto. Quem quiser falar alguma coisa vai poder fazer isso. Em vez de um enterro, papai e Marcos dizem que Ale teria preferido que o cremassem e jogassem as cinzas na praia.

Jogar?

– Está bem para você? Levamos as cinzas até La Paloma e jogamos ali.

Me parece bem, mas cinzas não se jogam. Se entregam, se espalham, se devolvem.

Lembro de como aquela conversa ia afetando meu estômago. Lembro de arrotar e em seguida dizer: morreu, está morto. Lembro de repetir isso. Em seguida Mariela começou a esquentar o strogonoff. Já estávamos perto do meio-dia e as crianças não tinham comido. Enquanto ela examina a geladeira, o primo Timoteo bate no vidro, entra com a térmica na mão e pergunta se podemos ferver mais água, passa a térmica para Mariela e volta para fora.

Mauro e Mariela demoraram quinze anos para dar um irmão a Catalina. Mariela quis terminar seu curso, e em seguida veio a pós-graduação. Depois, o período em que Mauro começou a se tratar com antidepressivos, quando ficou sem trabalho. Em seguida ficaram um tempo separados, Mauro na casa da mãe, Mariela dedicada ao ensino, à pesquisa e ao doutorado. Quando ofereceram a Mauro um emprego idêntico ao anterior, numa consultora financeira nova no país, foi a vez de Mariela sofrer um colapso nervoso e se ver forçada a repensar tudo. Diminuiu suas horas de trabalho, descobriu a yoga, retomou a natação e, só então, depois de reencontrar uma estabilidade, encomendaram o menininho que Mauro sempre quis. Nenhum dos exames que Mariela fez durante a gravidez revelou que a nenê iria nascer sem sistema imunológico, devido a uma falha genética que a privaria, além disso, de qualquer outro tipo de resposta normal. Só se deram conta de que havia algo errado no momento exato do parto, quando a bebê não fez esforço algum para nascer e deixou que Mariela se encarregasse de todo o trabalho. Milena não conseguia mamar, não prensava os dedinhos nem retribuía os sorrisos. Mas havia uma comunicação possível. Eu cantava para ela quando a pegava no colo e seus olhos deixavam de se extraviar. Às vezes eu ficava em dúvida se estava imaginando aquilo – duvidar me deixava em total solidão – mas a bebê escutava. Às vezes parecia sorrir um sorriso doce, perturbado. De quatro em quatro horas era preciso medir-lhe a temperatura, regular o oxigênio, alimentá-la através de um tubo, aplicar antibióticos. Mariela e Mauro encarregaram-se pessoalmente das tarefas de enfermaria. Durante os nove meses maratônicos que durou a vida da filha, os olhos de Mariela ficaram amarelos, deixando para sempre sua habitual cor de mel.

– Idiota – diz Marie enquanto enche a chaleira de água. – Se meter na guarita na pior noite de tempestade.

Ele levava fá na guarita. Parece que sempre ia para lá. Segundo a tia, não era a primeira vez que passava a noite ali.

– Já sei, eu conversava com ele. Não se preocupava muito em se cuidar.

Não dava a mínima.

– Não tinha filhos. O que a mamãe queria? – disse ela. – Que você lhe mandasse uma mensagem? Pobre mami.

Depois de um tempo em que não sei sobre o que falamos, se é que falamos de algo, perguntei a Mariela se ela não achava que teria de ter sido eu a morrer em vez de Alejandro. Mariela me olhava desconcertada do outro extremo da cozinha enquanto mexia a panela com o strogonoff de frango.

Quer dizer, se tivessem dito a você que um de nós iria morrer, você teria apostado em quem?, perguntei. Não teria apostado em mim?

Mariela disse que nunca havia pensado nisso. Nem eu, disse a ela, mas um segundo depois já não estava tão certo.

Sempre acreditei que eu seria o primeiro.

– E por que você pensaria isso?

Porque sou o mais velho?

– Eu sou a mais velha.

Mas ela era mulher. As mulheres não contavam. As mulheres viviam mais que os homens. Mariela sacudia a cabeça. Achava estranhíssimo que eu pensasse assim, como se essas coisas seguissem alguma lógica. Me achava mais inteligente que isso.

Mas não é uma questão de inteligência, eu achava. As pessoas inteligentes eram capazes de pensar as besteiras mais inverossímeis. Houve uma época em que eu quis escrever um texto sobre isto, as besteiras que as pessoas conhecidas por sua inteligência superior pensavam. Tudo por causa do que aconteceu com Fernán, um amigo, alguns anos depois de ter se casado. A primeira coisa que pensou, quando a mulher não conseguiu engravidar, foi que o problema era dela. Ele se considerava o cúmulo da fertilidade porque tinha uma libido fora do comum e andava sempre de pau duro. Achava que uma coisa era sinônimo da outra. Quando os exames provaram que o infértil era ele, recusou-se a acreditar. Achava inconcebível. E é uma das pessoas mais inteligentes que conheço. Psicólogo formado, jornalista, ensaísta. Pensava em Fernán e pensava em Bob Marley, o ídolo da adolescência de Mariela, que venerava um torturador etíope, quando Timoteo entrou outra vez perguntando pela água. Marie tinha se esquecido de colocar a chaleira no fogo. Prometeu a Timoteo que lhe levaria a térmica assim que estivesse pronta. Em seguida me pediu que fosse perguntar para Paco, Juan e Cata se queriam comer na cozinha ou no quarto, vendo o filme. Decidiram em uníssono pelo quarto. Depois me fechei no banheiro para ligar para a Negra.

Em fins de dezembro, ela havia se mudado com as crianças e com a filha mais velha, Yamila, para Shangrilá, o bairro de minha infância, para a casa de Fabricio, o gordo com quem ela estava namorando não fazia nem dois meses. Por algum milagre, atendeu minha ligação. Quando lhe dei a notícia, exclamava:

— Não! Não! Não acredito! — Como se ela e Ale tivessem sido íntimos.

Perguntei se ela podia vir buscar os guris. Não te parece uma boa ideia vir buscá-los? Aqui tem muita gente que está mal, tudo é muito triste. Ou vai ver que não importa, não sei.

— O que aconteceu? O que aconteceu com Ale? Como foi?

De repente era até bom que as crianças vivessem essa experiência. Era uma morte, nada do outro mundo.

— Pare, já vou aí.

De volta à sala de jantar, Mariela estava parada em frente à tevê e nela aparecia Marcos, de óculos escuros, o cabelo comprido atado no coque de sempre. Carregava uma das pranchas de Alejandro e uma bolsa pendurada no ombro. A cabeça prateada de papai ia na frente. Mostravam-nos de longe, caminhando entre umas dunas baixas. Maca (27), a namorada de Marcos, vinha atrás com a outra prancha. Mauro não aparece na cena, devia ter se adiantado aos outros.

Mariela procurava o controle remoto para aumentar o volume. Disse a ela que iria avisar mamãe que papai e Marcos estavam na tevê e Marie quis me impedir.

– Para que você vai dizer isso a ela? – disse. – Deixe-a.

Mamãe estava esperando que Ale respondesse à mensagem de texto. Encontrei-a em seu lado da cama, sentada em frente à janela que dá para a rua, as cortinas fechadas. Levantou-se de imediato. Mariela não olhou para ela em momento algum, não a viu petrificar-se ao olhar para a tela. O mesmo plano, só que agora papai, Marcos e Maca tinham parado e conversavam. Mamãe tomou assento em sua poltrona. Enquanto ajeitava os próprios braços nos braços da poltrona, tomou consciência do controle remoto na mão esquerda. Pareceu a ponto de usá-lo, mas deixou o volume zerado até o final.

– Eu sempre achei que um dia iria ver o Ale tocando violão na televisão. Não isso – disse, mudando de canal. – A chaleira – disse depois, quando a chaleira começou a apitar.

Com a chaleira ainda apitando e Mariela indo tirá-la do fogo, a Negra me mandou uma mensagem do portão. Pela janela da frente dava para vê-la atrás das grades verdes, a cabeça baixa, as mãos cruzadas sobre o ventre.

– Você vai fazê-la entrar? – disse mamãe, que a podia ver perfeitamente de onde estava sentada.

Abri e, em vez de ela entrar, eu saí pelo portão. A Negra tinha juntado todas as mechas numa centena de trancinhas. Deu uns passos e me seguiu até o jacarandá, fora do campo de visão, dizendo:

– Como você está? Como estão todos?

Tinha de sair para tomar ar e lhe pedi que me abraçasse. Fez isso apoiando conscientemente suas palmas abertas em minhas omoplatas. Não conseguia me lembrar da última vez em que a havia tido tão perto. Tratei de cheirá-la, mas, sem que pudesse evitar, meus olhos começaram a procurar a picape branca do gordo, encontrando-a vinte metros acima, na rua, apontando em direção à Avenida Giannattasio, o sol batendo nos vidros. Uma de minhas mãos foi parar embaixo de sua cintura, onde, em lugar de um vale, a Negra tem um promontório, a bunda truncada de quando era um embrião. Pedi perdão a ela.

– O que aconteceu? – respondeu ela, afastando o ouvido do meu peito, soltando minhas costas, dando um passo para trás.

Eu queria que ela me perdoasse por ser um babaca. As ligações, as mensagens, os convites. Pirei. Você não sabe o inferno, eu disse.

– A mim parecia que não era amor...

Meu mundo tinha caído, agora sei que não era nada. Com essa coisa do Ale posso me dar conta. Chega. A nuvem se desfez. A morte é incrível.

– Desculpas aceitas – ouvi-a dizer, levando uma mão ao coração.

Indo em direção à parada de ônibus, uma menininha de mochila, com as mãos enfiadas nos bolsos do moletom, olhava a quantidade de carros estacionados em frente à casa dos meus pais: o de Mariela, o de Leti, o dos tios, o dos primos, a caminhonete branca. Deve ter pensado que se tratava de um aniversário ou de um churrasco.

Foi melhor que ela tenha escolhido ficar com o gordo Fabricio. Tinha garantido um escravo para sempre. Sinceramente, disse à Negra, ali, em frente à casa dos meus velhos. É um cara com alguma grana, que tem seu próprio negócio. Também não é muito bonito, ou seja, ninguém vai ficar olhando muito para ele na rua: uma preocupação a menos. Você fez bem, boa decisão. Se ele está na caminhonete, diga a ele que saia, tudo bem.

— Vim sozinha.

Houve uma época em que eu cheguei a rezar. Cheguei a rezar para que a Negra encontrasse alguém, alguém com uma cabeça parecida com a sua, que gostasse dela como ela queria.

— Já passou, Dani. Tudo isso já passou. O que aconteceu com Alejandro? Me conta. Como estão as crianças?

Ale foi atingido por um raio. O punheteiro dormiu na guarita de salva-vidas e ficou ali, houve uma tempestade terrível em Rocha. Já te trago as crianças.

— Quero entrar. Se sua mãe está aí, quero cumprimentá-la.

Mamãe a recebeu, mal entramos, dizendo:

— Brendinha, pensei que iam te deixar lá fora.

— Soledad, que dor! — dizia a Negra ao abraçá-la. — Que dor, que dor! Que repentino foi tudo!

— Você é mãe, você me entende — dizia mamãe, soluçando como uma criança nos braços da Negra, que desenhava círculos em suas costas com a mão aberta.

Quando as crianças ouviram a voz da mãe, saíram correndo do quarto e se juntaram ao abraço da mamãe e da avó. Eu aproveitei para ir até o quarto e juntar suas coisas. Cata estava deitada na cama e me perguntou por Mariela. Eu não tinha certeza de onde Marie tinha se metido. Abri a janela para deixar sair o cheiro de ambiente fechado, procurei as meias das crianças pelo chão, recolhi os tênis e os enfiei dentro da mochila. Em seguida deixei passar uns minutos sentado na beira da cama, assistindo *Pucca*, um desenho coreano. Quando saí do quarto, Cata tinha dormido.

A despedida foi rápida. Mamãe, fiel aos seus costumes, quis espichá-la lembrando-se, na última hora, de uns presentinhos que tinha comprado para as crianças. Foi até o quarto e voltou com uma sacola da qual ia retirando sacolas menores que passava para a Negra.

– Estes são uns pijaminhas que comprei outro dia, um para cada um, depois eles escolhem – dizia. Em seguida tirou da sacola uns brinquedos didáticos e umas canecas para o chocolate do café da manhã. – Eu ia sair com eles hoje, antes do almoço, para comprar uns tênis, mas...

Tirando a sacola grande de suas mãos, a Negra devolveu as sacolinhas ao interior e a abraçou pela última vez.

Mal cruzamos o portão, Juan correu até a caminhonete. Paco, embora tenha arrancado um segundo depois, chegou antes do irmão. Passando o braço pelo meu pescoço, a Negra disse que gostava muito de mim e me pediu que tivesse força, muita força. Eu queria que me ligassem assim que chegassem à casa, para ficar tranquilo, sabendo que tinham chegado bem, mas ela não achou necessário. O que é que te custa?, perguntei.

Não eram nem cinco quadras, tinha que me acalmar, não tinha por que acontecer nada com eles. Ela tinha razão. Não tem por que acontecer nada com eles, eu disse, mas ninguém está livre, nunca. Não há segurança nenhuma em relação a nada.

– Você quer que eu ligue? – me perguntou.

Que me ligasse quando chegassem, isso era tudo que eu pedia. Mas ela não sabia se iriam direto para casa. Talvez ela os levasse a algum lugar antes. Talvez fossem para a pracinha do shopping por algum tempo. O sol estava lindo. Me perguntou:

– Você quer ficar esperando sabe lá quanto tempo para ver se chegamos sãos e salvos?

Voltem direto para casa, respondi. Não fiquem dando voltas hoje, justo hoje.

– Tenho de ir direto para casa, tenho de te ligar, que mais? – disse ela, antes de gritar com os meninos para que não pulassem na caçamba da caminhonete, onde tinham subido sem que tivéssemos nos dado conta.

Não tinha por que me ligar. Podia ir aonde quisesse. Era uma mulher livre num país livre. Não me ligue, disse a ela. Não me deixe controlar a sua vida. Não é que esteja nervoso. Quero te controlar. Não, já sei o que quero. É algo muito mais triste. Quero que o telefone toque e que, uma vez na vida, seja você.

– Não sei se você está falando sério ou se está de brincadeira – disse ela.

Então não ligue para mim porque não vou atender, eu disse. Nem acabo de falar e ela já meneia a cabeça, se afasta dois passos e me deixa o mesmo exato sorriso de quando me acompanhava até o ponto de ônibus bem cedinho, em nossos primeiros tempos. Não esperava que eu entrasse no ônibus. Virava para o outro lado nem bem o Raincoop das 6h30 aparecia no final da rua e me dava um tchauzinho por cima do ombro, sorrindo enquanto levantava um pouquinho a saia para me mostrar a calcinha toda metida na bunda, para que eu não esquecesse do que me esperava em casa.

Durante todo o primeiro ano depois de nossa separação, não toquei numa mulher. Queria que ficassem o mais longe possível. Não podia sequer olhá-las nos olhos. Eu já não gostava mais da Negra. Mais ainda, ela me repugnava. E como ela também não dormia com ninguém, seu corpo ficou triste. Ela, que tinha uma bunda maravilhosa, foi perdendo-a aos poucos. Me lembro de uma ocasião em que a vi da janela de um ônibus. Era quase meio-dia e lá ia ela pela beira da estrada, vestida de branco, para ir buscar Paco e Juan na escola. Calça branca, blusa branca, botas de couro brancas, os cabelos frisados. A louca do bairro. Não tinha se agasalhado direito e andava com os braços cruzados para se esquentar. A calça, que antes marcava o redondo de suas nádegas, agora estava toda franzida. Isso acontece por você ser uma filha da puta, pensei.

Estava sempre arrumada quando eu aparecia em sua casa para levar ou buscar os meninos. Isso às vezes me fazia sentir bem e outras vezes me fazia desprezá-la. Não ficava claro para mim se ela estava tentando me seduzir ou mostrar dignidade, e não me interessava saber. Às quartas-feiras eu me encarregava de levar as crianças à escola; às sextas, depois da escola, almoçávamos todos juntos na casa dela. Para nós era interessante que os meninos pudessem ver a mãe e o pai dividindo alguns momentos sem conflitos, e dávamos o melhor de nós.

Num meio-dia desses, depois de comer, a Negra me passou um mate e nossos dedos se tocaram. Suponho que sempre se tocassem, mas dessa vez eu senti. Senti a suavidade de sua pele em meus dedos. A partir desse momento começamos a nos encontrar durante o horário escolar. Em alguns sábados ela vinha até minha casa e jantávamos com os meninos. Eles não sabiam que ela ficava para dormir. Para que não alimentassem falsas esperanças, ela se levantava às sete horas no domingo e ia embora antes que eles acordassem. Concordamos com o fato de que não estávamos nos reconciliando. Gostávamos um do outro a ponto de nos concedermos algum prazer de vez em quando, mas cada um tinha liberdade para ficar com quem quisesse.

O sexo com a Negra mexeu com minha testosterona e em poucos meses já tinha me enganchado com Clara, uma vizinha que encontrava às vezes na padaria e na parada de ônibus, e com a qual, até ali, havia apenas trocado ois e tchaus. A caminho da lavanderia, eu passava em frente à casa dela, um chalezinho de duas águas com um terreno vazio onde, nos fins de semana, eu a via tomando mate com algum cara ou com algumas amigas, escutando música forte, Extremoduro, La Polla Records, La Chancha Francisca. Tinha uma cintura larga que extravasava a calça e que não se preocupava em dissimular, e era bonita de rosto. Para meu espanto, ela sabia quem eu era e me tinha em boa consideração. Tinha 29 anos e faltavam-lhe alguns exames para se formar como professora de literatura no IPA,[1] e já dava aula há vários anos. Lia muita literatura latino-americana e conhecia autores dos quais eu nem tinha ouvido falar. O Vargas Llosa e o Onetti dos grandes romances eram seus ídolos absolutos. Estava sempre relendo-os. De fato, havia estados de ânimo durante os quais só era capaz de ler *A vida breve* ou *Conversa no Catedral*. Fazia tempo – mais de dez anos – que eu não saía com alguém que tivesse sua própria biblioteca.

Ao deixar de escrever, aos 24 anos, eu também tinha deixado para trás todas as minhas relações literárias. A Negra, salvo por um ou outro livro de autoajuda de ponta (Deepak Chopra, Louise Hay) ou algum tratado sobre medicina chinesa, que era ao que se dedicava, não lia. Tinha um desdém pelas pessoas livrescas com o qual eu concordava perfeitamente. No início tinha se interessado

---

[1] Instituto de Profesores Artigas, dedicado à formação de professores para o ensino médio. (N. T.)

pelos meus livros. Tinha-os encontrado na pequena biblioteca que havia em meu quarto, numa das primeiras vezes que ficou para dormir em casa. Estava folheando-os sentada na cama. Arranquei-os de suas mãos. Proibi que ela os lesse. Já não me representavam. Sentia vergonha deles. Nem sequer sabia por que os guardava. Eram produto da depressão. São um atentado contra a vida, acho que cheguei a lhe dizer, e o que havia entre nós era pura vida. Era a primeira mulher com quem ia conviver, e era uma mãe, e eu estava apaixonado, pensando positivo pela primeira vez em muito tempo.

Já de cara, em nossos primeiros encontros, tinha me contado praticamente tudo sobre sua vida amorosa. Tinha começado a ter relações muito cedo, aos 13 anos, como se fosse uma brincadeira. Em sua família nunca fizeram drama com o corpo. Seu pai costumava andar pelado pela casa, era algo normal. Sempre tinha saído com caras bem mais velhos. Tinha abortado duas vezes, aos 16 e aos 23, e tinha estado apaixonada por dois homens ao mesmo tempo, com os quais havia dividido uma casa em Pajas Blancas. Um deles foi embora quando se viu a ponto de enlouquecer, e com o que ficou, o qual ela haveria de abandonar pouco depois, tinha tido Yamila. Não lhe pedi detalhes sobre nada disso. Não lhe perguntei se dormiam os três juntos ou se se revezavam, e ela tampouco me falou sobre isso. Foi um limite que propôs em seu relato para me proteger, e era para minha própria proteção que eu não o ultrapassava. Eu não tinha tanto para contar, somente que tinha debutado com uma puta sem dentes num prostíbulo de Lautaro, no sul do Chile, numa viagem que tinha feito com o time de basquete, aos 17 anos. Antes disso, aos 15, tinha chupado os peitos de minha primeira namoradinha.

Não tinha conseguido dormir a noite inteira e no dia seguinte pedi perdão a ela por ter faltado com o respeito: com essa imagem, resumi para ela o quanto minha adolescência havia sido patética. Em seguida, já um pouco mais velho, tinha tido duas namoradas importantes, mas, antes de mais nada, tinha me dedicado ao sexo por prazer, uma vez superada a obscura etapa inicial de devassidão. A Negra não me perguntava em que consistia essa devassidão, e eu não lhe explicava. Minhas excursões noturnas por Montevidéu com a cocaína como combustível me pareciam algo demasiadamente remoto, e não apenas porque o tempo havia passado. Mesmo naquela época já me parecia algo remoto. Enquanto acontecia, era como se estivesse acontecendo com outro, e eu nunca tinha tido necessidade de dividir aquilo com ninguém. Tampouco contei para a Negra nada sobre isso, porque revelava uma sexualidade triste e turbulenta e superficial demais em comparação com a dela.

Foi apenas quatro anos mais tarde, durante a época final de nossa convivência, que me vi estimulado a retomar a escrita. Ficava na sala depois do jantar com um caderno, os cigarros e uma térmica cheia de chá. A Negra não demorou a se queixar. Não gostava que eu ficasse escrevendo de noite. O motivo, quando lhe perguntei, e para meu pasmo mais absoluto, era que às vezes Yamila se levantava de madrugada para ir ao banheiro. A Negra não queria que eu estivesse ali, não queria que eu a visse meio adormecida, com roupa de baixo. Yamila tinha 13 anos naquela época. Estava se desenvolvendo rapidamente, mas ainda era uma menina. Perguntei à Negra do que ela tinha medo. O que ela me achava capaz de fazer à filha? Ela não me respondeu com palavras. Me olhou com ódio e com vergonha. Eu não estava disposto a deixar de escrever, e novamente a escrita me salvou, dessa vez me tirando do impasse de uma relação que já estava se deteriorando há muito tempo.

Quando contei à Negra que tinha conhecido alguém, ela não se preocupou. Me sugeriu apenas que não a apresentasse aos guris até que estivesse cem por cento seguro de que se tratava de algo sério e, do jeito que as coisas aconteceram, jamais a apresentei, embora tenha chegado a considerar essa possibilidade. Um pouco espantada consigo mesma, Clara tinha começado a tomar pílulas. Estava há tempos sem uma relação estável e sem intenção de ter uma. Não nos enxergávamos juntos a longo prazo, mas nos víamos com frequência, e Clara teria gostado de conhecer os meninos e eu achava que isso podia ter um efeito tranquilizador sobre eles, que às vezes se angustiavam pensando que eu sofria de solidão.

– Você se diverte quando está sozinho em casa? – me perguntavam.

Durante toda a primeira etapa, dormíamos juntos praticamente todas as noites, na casa dela ou na minha. Nas quartas de manhã, sem compromissos para ambos, caminhávamos até a foz do arroio. Depois, quando estava com a Negra, às vezes no mesmo dia, me sentia amplo, pleno, inalcançável. Quanto mais transava, mais vontade tinha de transar. Desenvolvi uns ombros de academia. Agora que tinha ganhado impulso, recuperei também a noite. Voltei ao centro de Montevidéu, a certos bares nos quais alguns amigos tinham me avisado que minha reputação havia se tornado de culto. As pessoas salientavam o quanto eu estava bem, me perguntavam qual era o segredo. Eu lhes dizia a verdade: sexo, muito sexo, e eles riam como se eu estivesse contando uma piada.

Então, no início de dezembro passado, apenas dois meses antes da morte de Alejandro, me apaixono novamente pela Negra, feito um idiota. Todo o meu desejo volta a se concentrar súbita e exclusivamente nela. O sentimento é tão forte que me obriga a terminar minha relação com Clara. Clara me olha muito surpresa quando lhe conto o que está acontecendo comigo. Ela também tinha tido sentimentos por outras pessoas nesse tempo todo e nem por isso quis terminar comigo. Assim funcionavam os casais. Pela primeira vez nos últimos dez, quase onze meses, percebi que Clara acalentava o desejo de que nossa relação prosperasse. Algo me dizia que, deixando-a, estaria fechando para sempre a porta para a normalidade. Eram lindas as manhãs com ela. O sexo, o café, a leitura do jornal. Quando viu que não havia nada que eu pudesse fazer para mudar meus sentimentos, engoliu a tristeza. De algum modo, sempre soube que acabaria perdendo a parada, não era em vão que a Negra era a mãe dos meus filhos.

Não é em vão que é a mãe de minha alma –, eu a corrigiria, se existisse a menor possibilidade de que me compreendesse.

Este sentimento vai me tomar completamente de surpresa. Crescerá ao longo de quatro, cinco dias, e logo me assaltará, deixando-me absolutamente perplexo. Numa das manhãs em que passo cedo na casa dela para levar os meninos à escola, enquanto tomamos café e os ajudamos a se vestir, a Negra não vai prolongar o momento em que passamos o mate um ao outro para nos acariciarmos. Em seguida vai congelar quando roço em seus quadris enquanto ela espera que as torradas fiquem prontas. Depois, quando eu lhe disser que, logo depois de deixar as crianças na escola, vou voltar para lhe fazer uma visita, ela vai responder que é melhor que deixemos isso para outro momento, hoje está muito incomodada com as dores pré-menstruais. Vou ligar para ela mais tarde, nesse mesmo dia, para saber como está e para lhe desejar boa-noite.

No dia seguinte, vou mandar a ela uma mensagem dizendo o quanto sinto falta de seu corpo e que tive várias ideias para nosso próximo encontro, mensagem que ela só responderá na manhã seguinte. Na manhã de quinta ou sexta, volto a lhe propor uma visita, mas ela estará sangrando a mil e já não é como no início, não deixa que a toque enquanto está menstruada. No sábado eu a convido para passar em minha casa à noite, mas Yamila (15) vai fazer uma festa em casa com os amigos do liceu e a Negra tem de estar lá. Na próxima manhã em que eu levar Paco e Juan à escola, também vai ser impossível que nos vejamos: tem hora marcada no BPS[2] às dez. Em cada uma de suas negativas vou notar que se manifesta uma espécie de tristeza de fundo e vou assumir que a Negra está alimentando sentimentos por mim, que gostaria que voltássemos a ficar juntos e que lhe dói ter de me dividir com Clara e não sabe como me dizer isso.

Já terei falado com Clara na manhã em que agarrar a Negra na cozinha e expressar o que estou sentindo. Quando lhe disser que quero voltar, vai ficar tensa. Vou dizer a ela que não me importa o quanto possa chegar a ser difícil nos reconciliarmos e nos perdoarmos por completo. Estou disposto a conversar durante as horas que seja preciso conversar e a tocar em todos os pontos. Ela vai me olhar com desconfiança. Vai lhe parecer muito radical. O amor é radical, vou responder.

— Você deixou Clara sem saber o que se passa comigo?

---

[2] Banco de Previsión Social, equivalente ao INSS brasileiro. (N. T.)

Já não poderia ficar com ela. Funcione ou não funcione o nosso lance, não quero tocar em nenhuma outra mulher, não poderia.

Vou insistir no assunto. Ela vai me pedir tempo. Precisa olhar para dentro de si mesma, tem muitas coisas para levar em consideração, tudo é muito repentino. Quando disser que a amo, vai me observar como se houvesse algo para interpretar. Não vou deixar de mencionar isso, para que veja como estou seguro. Vou lhe mandar duas ou três mensagens por dia: quando estiver fazendo alguma coisa legal com as crianças, contando-lhe algo que Paco fez, algo que Juan falou. Mensagens dizendo "você lembra daquela vez que tal coisa ou tal outra?", e irei me entusiasmando. Cada dia que a Negra leva para refletir demonstra a seriedade de nossa situação e o quanto nossas feridas continuam abertas, e vou respeitar sua cautela. Vou me preparar, vou lembrar de nossa história em busca das chaves para consertar o que está quebrado. Para começar, vou me arrepender de a ter relegado ao lugar de uma amante todo esse tempo. Vou tratar de me consolar com a ideia de que já passamos por tudo. O que mais nos restava além de aceitar, de uma vez por todas, que a vida havia nos colocado no caminho um do outro? Vou agradecer aos céus o assalto renovado desse sentimento, o súbito, luminoso, poético caminho de minha vida. Vou pensar na felicidade dos meninos, que são tão pequenos que provavelmente vão terminar esquecendo aqueles poucos anos em que os pais ficaram separados.

E, num meio-dia, ardendo de desejo de vê-la, vou passar sem avisar na hora em que ela normalmente chega com os meninos da escola, e vou descobrir que a Negra não está. Yamila terá se encarregado de trazer Paco e Juan a pé. É Yamila quem estará preparando um talharim para o almoço. Parece que a mãe teve de ir a Montevidéu para tratar de uns assuntos urgentes e não se sabe a que horas vai voltar. Enquanto ela termina de fazer a comida, saio para a rua com Paco e Juan para vê-los andar de bicicleta ao redor da praça triangular em frente à casa dela. Será um dia ensolarado, primaveril, e aos poucos irei perdendo a paciência. Aproxima-se a hora de voltar ao trabalho e não gosto da ideia de deixar os meninos sozinhos com a irmã, e não paro de olhar o relógio e de vigiar a entrada da rua de terra por onde a Negra deverá chegar assim que descer do ônibus.

Por aquele lado, num certo momento, aparece uma caminhonete branca com os faróis acesos. Primeiro a confundo com uma caminhonete da polícia. Alguns metros antes de chegar à bifurcação formada pelo vértice da pracinha, a caminhonete se detém e fica parada por vários segundos. Não sei como sei disso, mas a Negra está nessa caminhonete, sei que ao me ver na rua acaba de pedir ao cara que está ao volante que freie e que acabou de passar a noite com ele. Está explicando a ele a situação; está explicando quem sou. Em seguida a caminhonete entra, sem pressa, na rua da casa dela e para em frente à entrada para automóveis. Cruzo a pracinha ao vê-la sair pela porta do acompanhante: ela me encara enquanto cruzo a praça. Debruço-me na janela aberta da caminhonete, recebo a lufada de cigarro e álcool, e Fabricio, um gordo com pinta de mecânico, se apresenta estendendo a mão para mim, e depois disso se despede da Negra dizendo: falamos.

Nesse momento, os meninos terão se aproximado para cumprimentar a mãe, deixando as bicicletas largadas no chão; irão atrás dela quando ela cruzar o portão de entrada sem lhes dar a menor bola. Vou esperar que a Negra saia do banheiro, enquanto Yamila obriga Paco e Juan a comer.

Lá fora, sentados em duas cadeiras de plástico, ela vai me contar de Fabricio com um cigarro na mão. A Negra não é fumante. Fuma cigarros artesanais de fumo vermelho em ocasiões especiais, durante períodos não muito longos. Fumava quando a conheci. Um cigarro podia durar uma eternidade para ela. Fumava-o concentrada, tirando prazer dele, mas também, me parecia, como se estivesse consultando um oráculo. Nesse meio-dia, depois de soltar fumaça várias vezes em busca das palavras apropriadas, do tom justo, me dirá que com Fabricio está tendo a oportunidade de viver algo novo. Por isso não se decidia a me falar dele, por ser novo e frágil isso que não sabe como chamar, apenas que não é um amor idiota, um amor romântico. Como não chego a entender o que quer dizer com isso, ela vai se ver forçada a me explicar. Eu olho para a sua boca e ela vê que estou olhando. Pintou os lábios de vermelho no banheiro, mas isso não ajuda em nada. Ainda dá para notar onde esteve.

– O que você sente por mim é um amor romântico – dirá, cobrindo os lábios com a mão do cigarro. – Não é amor maduro. Não é amor de verdade.

A vertigem não me deixará dizer muito, apenas perguntar se já tomou a decisão de continuar com esse Fabricio, se não há possibilidade de que mude de ideia.

Era cinza. A Negra ia se juntar com um gordo cinza. Então passo de estar sentado em minha cadeira a estar de joelhos no chão. Em seguida, deslizo até ficar sentado num ângulo de noventa graus contra a parede. Depois, junto minhas últimas forças para atravessar a sala de jantar e acabo atirado na caminha de Juan.

Vou fumar mais do que nunca em minha vida durante as semanas seguintes, perguntando-me que porra está acontecendo. Como posso tê-la perdido quando tudo parecia estar se alinhando milagrosamente? Como, depois de perdê-la, pode ser que meu amor por ela não diminua, ao contrário, se intensifique até alcançar níveis que jamais pensei serem possíveis? Que feitiço terá feito com que eu me apaixonasse por ela pela segunda vez, ao mesmo tempo em que ela começava a sair com o gordo?

Não voltarei a pisar na casa dela nos poucos dias de aula que restam. As férias dos meninos começarão na segunda quinzena de dezembro. Vai trazê-los para que fiquem comigo até o Natal, mas não vai aparecer sozinha. Virá na caminhonete de Fabricio com Fabricio, que vai ficar sentado no banco do motorista com o motor ligado enquanto recebo os guris no portão e ela me passa uma sacola com as coisas deles. Vou ligar para ela várias vezes enquanto estiver com os meninos, mas a Negra não atenderá nem responderá às minhas mensagens, por mais que eu fique esperando deitado na cama com o celular sobre o peito, olhando para ele toda hora, mesmo que não tenha tocado nem vibrado. Na noite do dia 24, vai mandar um texto curtíssimo desejando-nos um feliz Natal e avisando que vai passar para buscar os meninos no dia 27. Vai permanecer muda quando eu responder, quase de imediato, que devemos um ao outro uma última conversa a fim de colocar todas as cartas sobre a mesa.

Paco vai me encontrar chorando, várias vezes, ao acordar. Vai me perguntar por que choro e, em seguida, se choro por causa de sua mamãe. Vou lhe contar metade da verdade: que choro por sua mãe e que não se preocupe, já vai passar.

Não vou querer que passe. Meu amor pode ser um amor infantil, pode ser pura possessividade, mas é indomável.

Pode ser uma dor amarga, e também dulcíssima. O coração restituído à vida depois de tanto tempo. O coração batendo, inundado por um amor agora sem objeto. Vou cuidar para que esse amor não diminua. Vou ansiar pelo dia em que esse amor se espalhe como areia sobre o resto dos objetos do mundo. Vou silenciar minha mente, que se povoará com imagens da Negra com o gordo. Vou tentar. Na pior delas, eu a vejo se acabando e dizendo para o gordo: toma, toma. Costumava dizer isso quando tinha um orgasmo: toma. Como se quem estivesse ejaculando fosse ela. Devia dizer isso ao pai de Yamila também e deve estar dizendo ao gordo agora. Não creio que tenha inaugurado esse costume comigo. Nunca quis averiguar.

Também terei imagens de nós dois já velhos, de novo juntos, humilhados pelo tempo. Imagens dos dois sentados recordando o passado, refletindo sobre nossa relação sinuosa. Quando pensar que a Negra é uma idiota por não me responder as mensagens nem atender as ligações, quando pensar em aparecer um dia na casa do gordo e enchê-lo de porradas na frente dos meus filhos, vai parecer a mim que esses pensamentos são de uma qualidade inferior à dos sentimentos que meu coração produz, que estão cheios de uma energia radiante. Vou me sentir partido em dois, mente e coração, o coração gozoso, entregue à sua ação predileta, capaz de sentir sem limites, a mente irritada e em guerra. Vou dizer a mim mesmo que devo confiar em meu coração e dar vazão a ele. Vou conversar com minha mente e pedir que se submeta ao coração. Vou lhe dizer: Mentezinha, ocupe seu lugar; Mentezinha, não tenha medo.

Embora a gente não transe mais, Clara continua me visitando. Agora que é o período de férias e estou com os meninos em casa, ela me manda uma mensagem antes de sair. Aparece depois das onze da noite, quando Paco e Juan já foram dormir. Vamos fumar no fundo do terreno, sentados na grama ou numas cadeiras dobráveis. Conto a ela o que nunca contei a ninguém sobre a Negra, falo dos ciúmes que nos corromperam, e ela não me julga nem se compadece de mim. Apenas estala a língua em determinadas partes do meu relato. Algumas vezes vai propor que nos deitemos juntos, lembrando o ditado segundo o qual um amor faz esquecer outro amor, e numa dessas vezes eu aceito. Deixo que ela me chupe ali fora, sob as estrelas. Olho para ela e está linda, e ela se sente esplêndida. Sorri para mim mostrando essa separação sensual que tem entre os dentes, mas só consegue me deixar a meia-bomba.

– Você está muito mental – me diz, depois de um tempo.

Nessa noite, fica para dormir. Deprimido por sua presença em minha cama, que é a ausência da Negra, acabo botando-a para fora de casa em plena madrugada.

As únicas pessoas com quem falo sobre esse assunto são Alejandro e ela. Com Alejandro, quando liga de Santa Teresa no fim do ano, este que vou passar sozinho em casa. Vai me perguntar pelos meninos e como estão as coisas com papai e mamãe, que dizem que ando muito agressivo, e vou contar a ele sobre a Negra, que acaba de se mudar para a casa do gordo, para Shangrilá, imagina, e vou lhe falar da mente e do coração. Ale vai me pedir que seja mais paciente com os velhos e vai dizer que o melhor que podia ter acontecido é que Brenda tenha arranjado outro cara, mesmo que agora não pareça.

– Não se esqueça de tudo que aconteceu – me dirá. – Não se esqueça de como você acabou mal. Lembre-se do quanto te custou voltar a andar de cabeça erguida.

Em seguida vai me falar das garotas que anda pegando – cinco, embora a temporada propriamente dita ainda nem tenha começado – e de uma técnica que desenvolveu, a técnica dos raios pica e dos raios xota. A técnica consiste em olhar para a garota com os olhos, mas também com a pica. É preciso sentir que sai da pica um raio que se mete nela pela xota. Funciona. Por mais que ela não esteja te olhando, mesmo que esteja deitada tomando sol e olhando para outro lado, em algum momento vai começar a sentir e vai acabar se virando; e, se estiver a fim, vai começar a te mandar os raios xota. Na verdade, diz Ale, aprendeu a técnica com as próprias garotas, de tanto sentir seus raios xota enquanto vigia a praia. Depois de ficar estabelecido que há uma ida e volta de raios pica e de raios xota, o trabalho todo já está feito. Você se aproxima, diz olá, como vai, e já vai ficando para a noite.

– Esquece a Brenda – me disse. – Pare de chamá-la de Negra: é íntimo demais, assim você nunca vai terminar de se separar. E abre um perfil no Facebook, que é perfeito para pegar alguém. O Facebook se presta perfeitamente para os raios pica.

Nossa última conversa telefônica será no dia 6 de janeiro, dia em que Ale vai pedir uma folga para visitar a família. Ninguém tem como saber que será a última vez que Alejandro vai pisar na casa de meus pais e eu serei o único a não ir, em parte por causa do calor, que faz com que andar de ônibus com os meninos seja uma tortura, e também porque vou estar ocupado demais com meu dilema pessoal.

Nessa época vou empregar todas as minhas energias em descobrir algum procedimento que me permita obter as respostas de que preciso para não explodir em mil pedaços, ou pelo menos para que o dia a dia de Paco e Juan não seja um inferno, com o pai triste, extenuado, ausente. Terei chegado, então, à conclusão de que, aos 37 anos, não me conheço minimamente. Por mais que sejam meus, não sei o que fazer com minha mente nem com meu coração, que travam suas batalhas cada um por si. E meu corpo: com os cigarros e a insônia e minha alimentação errática, ele suporta tudo como um animal maltratado, mas não poderá continuar assim eternamente. Vou dormir sempre depois das três da manhã, depois de ter me masturbado na sala com alguma pornografia, o computador no volume mais baixo possível, enquanto os meninos dormem do outro lado da parede. A página que sempre deixava para o final tinha uma categoria de vídeos com garotas amadoras como protagonistas, mulheres de todas as idades dispostas a qualquer coisa por um pouco de dinheiro, as caras gastas até a caveira pela pobreza ou pelo vício, e cada vídeo seguia o mesmo procedimento. Começavam com a mulher sentada num sofá puído e a voz de um sujeito fora da câmera perguntando como ela se chamava, a que se dedicava, com quantos caras tinha estado, se gostava que a fodessem de maneira bestial. Em algum momento o sujeito fingia se entediar com tanto protocolo e pedia a ela que tirasse a roupa. Enquanto se desvestia, o cara ia dizendo como ela era feia. Eram corpos de mulheres comuns, a maioria bastante detonados, com peitos pequenos ou muito caídos, barriga, joelhos gordos, celulite. O sujeito critica o cu e as pernas dela, e em seguida a adverte de que vai se sentir como se um trem lhe passasse por cima, e de trás da câmera sai um outro cara com o pau duro, os braços tatuados, coloca a garota de joelhos e começa a fodê-la pela boca. Agarra-a pelas orelhas ou faz um fórceps com uma mão na nuca e a outra na garganta e lhe dá uma estocada atrás da outra, enquanto o outro cara, que nunca aparece, o incentiva a enterrar o pau todo, que destroce a cara dela. Às vezes, se a garota começava a passar mal e lutava para se soltar, aparecia um terceiro cara para segurar seus braços atrás das costas. Deixavam-na respirar por alguns segundos e ela ofegava, escorrendo baba, o rímel todo borrado. Eu ia dormir e tinha pesadelos, a cara de Brenda misturando-se às das mulheres dos vídeos. Me levantava no meio da noite com vontade de vomitar, me vinha uma dor na nuca que só diminuía quando eu me deitava com as pernas para cima. Numa dessas madrugadas, extraio do burburinho de pensamentos um que me entusiasma: preciso de ajuda. E depois: preciso procurar onde ainda não procurei, tenho que organizar isso tudo. No dia seguinte, vou levar Paco e Juan à Tienda Inglesa para que brinquem na piscina de bolinhas e comam nuggets com batatas fritas, e vou comprar um caderno com a intenção de registrar meus sonhos.

O caderno, da marca Papelaria, tem na capa dura o desenho de uma mulher. Pele pálida, olhos orientais, sua cabeleira fluida se espalha pela lombada e pela contracapa com as cores do pavão-real. Por mais que eu abandone completamente a pornografia e reduza a quantidade de vezes que me masturbo, o plano não funcionará de imediato. Passo as primeiras noites dando voltas na cama, fumando, olhando para o caderno na mesinha de cabeceira, entrando no quarto dos meninos para me certificar de que os mosquitos não os estão picando. Quando chega o fim do mês, em 29 de janeiro, quando praticamente já esqueci do caderno e de sonhar, terei meu primeiro sonho e vou me levantar imediatamente para registrá-lo: estou numa festa de gente rica, numa mansão, e estou ali porque ganhei um concurso. Ando pelos quartos. As pessoas me cumprimentam com um sorriso sardônico. Finalmente, consigo escapulir. Saio por uns portões altos atrás dos quais há pessoas amontoadas, algumas esperando para entrar, outras, aparentemente, aguardando que saia algum famoso para tirarem uma foto. Mal ultrapasso o portão, sou abraçado por Ricardo, um amigo que quase não vejo há uns quinze anos, desde que foi morar em Barcelona, e ele me faz entrar em seu carro. Tinha sido meu melhor amigo durante a época em que me iniciava como escritor. Era cinco anos mais velho e tão alto quanto eu, mas tinha o dobro da largura e da agilidade, e quando o conheci já tinha publicado dois livros inclassificáveis, o resultado esquizoide de um coquetel de Boris Vian, Lautréamont e Nick Cave, tudo misturado com muito whisky e noites de insônia, e tinha ganhado um prêmio municipal com uma obra de teatro. Era incrivelmente caótico e falastrão comparado comigo, que era caótico e calado. Ricardo tinha tido uma infância dantesca e tinha visões em plena luz do dia, visões de rios de sangue e de cidades devastadas. Seu apartamento era uma bagunça, o chão coberto de livros, revistas e embalagens que tínhamos de afastar para podermos sentar e conversar, o banheiro era todo pegajoso, mas o cara, mesmo com essa cabeça impossível, tinha sabido se sustentar sozinho desde antes de se tornar maior de idade e eu confiava nele mais do que em qualquer outra pessoa. Eu ainda morava com meus pais, havia acabado de escrever *Pogo*. Pouco depois de abandonar o Mormonismo, o mundo tinha se tornado tão complexo, e tão subitamente, que às vezes eu via tudo literalmente desfocado. Nossas conversas consistiam principalmente em monólogos dele, que eu escutava com toda atenção. Ricardo me alimentava de informações sobre o que era ser artista, ser escritor, ser um homem. Me emprestava vídeos e romances policiais. Eu era um projeto pessoal que ele tinha. Procurava me orientar com seus intermináveis conhecimentos sobre arte e sobre as mitologias dos artistas e narrava episódios de sua infância e adolescência, muito mais extremas que as minhas, muito mais explícitas que as minhas, e eu absorvia suas palavras, aprendia com sua maneira de olhar o mundo. Converteu-se de imediato no primeiro leitor de meus manuscritos. Quase sempre acertava em cheio.

No sonho, seu carro é vermelho e tem partes da lataria faltando. Dá para ver uma parte do motor, falta uma das portas, mas todos os defeitos são propositais, como acontece com algumas peças de roupa. Dentro do carro há uma criança com o pai. O pai dirige, a criança vai no assento do acompanhante. O menino pergunta a Ricardo, que vai ao meu lado, de onde tirou o carro. Antes que Ricardo diga alguma coisa, eu o interrompo. Falo com ele como se o menino não pudesse me ouvir: diga a ele que é o carro fantástico. Diga a ele que eu te dei de presente, que a vida de minha amada está em perigo, enquanto nos afastamos da festa tomando um caminho noturno.

Vou captar todo tipo de significados no sonho, mas não o estudo a fundo. Para mim basta ter sonhado sem que Brenda tenha aparecido em parte alguma e também ter tido vontade de me levantar e anotá-lo. Vou querer preservar a energia proveniente desse pequeno êxito.

Vou voltar a sonhar na noite de 30 de janeiro, de novo com uma festa, uma espécie de feira a que compareço com uma mulher jovem, muito parecida com Natalia Oreiro. É um prédio escolar, com mesas e cadeiras e bancos. Meu irmão Marcos está deitado na grama falando com um chinês que não conheço, mas com o qual ele parece ter uma longa amizade. Eles não me veem, mas posso ouvi-los conversar sobre meu caderno de sonhos. O chinês diz, com um tom de desprezo, que só consegue entender que alguém tenha um caderno para sonhos se forem sonhos reais, não sonhos de qualquer tipo. A tarde cai e perco de vista a garota que veio comigo e me encontro com uma mulher bem mais velha sentada num balanço. Me sento a seu lado, no outro balanço. Ela está com frio e eu a beijo, em seguida estou num banheiro com chuveiros. A mulher do balanço aparece e se mete sob o chuveiro comigo. Enquanto isso, sei que a garota está procurando por mim. É bailarina e seu espetáculo está a ponto de começar, e agora sua voz chega de algum lugar perguntando por mim. Um segurança se mete correndo no banheiro e, assim que me vê, já desapareci, estou fazendo um lanche no meio do pátio, os cabelos secos, como se nada tivesse acontecido. Parece que sou um ator famoso, e as pessoas se viram para me ver quando entro num galpão preparado para a obra da qual participa a garota que veio comigo. Há uma rede pendurada a meia altura na qual uma miríade de corpos se acomoda como minhocas, uma rede tubular como as que se usam para exibir bolas nas lojas de artigos esportivos, e alguns bailarinos caminham por cima dos corpos e começam a se colocar no extremo ainda vazio da rede. Não consigo distinguir a garota com a vista, mas sim alguns companheiros seus que, ao se darem conta de que procuro por ela, fazem caretas de desaprovação. Me enfio num setor do cenário que é uma espécie de casa de espelhos, na qual acontecem mil coisas ao mesmo tempo, e ao dobrar uma esquina eu a vejo, pelo menos é isso que expressa meu rosto, que por um segundo é a única coisa que percebo. Percebo meu perfil ao dobrar a esquina, o perfil do ator, os ombros nus, e, quando distingo a garota, sorrio de um modo que me diz que ela ainda não me viu.

No sonho que tenho na noite de 3 de fevereiro estou no casamento de meu irmão Marcos, em que tudo sai mal. Enquanto se ouve uma canção da Creedence Clearwater Revival, dois homens saem de uma piscina nus e de pau duro, e assim ficam por um tempo, olhando para todo mundo e apontando para nós com suas ereções. Meus primos e tios maternos estão disfarçados de egípcios, aparentemente por sugestão minha. Minha mãe se irrita enquanto alguns deles se põem de cócoras no corredor, escondendo a cabeça. Em seguida aparece Bernardo, que era meu professor de Física no liceu, e me esquivo dele me fazendo de sonâmbulo. Há um ator indígena que dispara contra umas paredes de vidro que não se quebram com as balas. Corre o rumor de que um dos convidados para a festa é um ladrão e que tem intenção de roubar algo, mas não se sabe quem é nem o que quer roubar, e ficamos todos em suspense. O ator indígena está a cargo da investigação e em dado momento prende um casalzinho jovem, que resiste a ele. Ele os envolve numa espécie de sacola de náilon azul que cresce sozinha e vai se fechando em torno de seus corpos, como um casulo.

Na noite de 8 de fevereiro, poucas horas antes de Alejandro retornar ao nada do qual veio, vou conversar longa e profundamente sobre a sobrevivência com meu velho e com Marcos, Maca, Mariela e Mauro. Logo depois de devorarmos uma pizza de muçarela e uma fainá que encomendamos, saímos para o jardim com um café enquanto mamãe arrumava as camas naquele que costumava ser meu quarto de dormir. Pode parecer coincidência que tenhamos escolhido justamente esse assunto na noite em que Ale morreria, mas a sobrevivência é o assunto sobre o qual falamos sempre que nos juntamos quando meu pai está presente: a sobrevivência, a aniquilação da espécie humana e a estupidez da espécie humana.

No começo era ele quem teimava em trazer o assunto à tona. Atribuíamos isso, em parte, ao fato de que o novo milênio estava começando, mas acima de tudo ao fato de que papai estava se tornando um velho genérico, enxergando destruição para onde quer que olhasse. Aos poucos, no entanto, o mundo parece ter decidido lhe dar razão. Agora já nem sequer é necessário que alguém mencione algum desastre retirado do noticiário para que nos lancemos a praguejar contra os Rockefeller e os Rothschild e todo o resto dos chupa-picas deste mundo: os judeus sionistas, os judeus, simplesmente, os banqueiros, os maçons, os políticos; ninguém se salva.

Podemos começar falando de qualquer coisa, qualquer coisa absolutamente, mas no fundo sabemos que não vai durar. No fundo estamos esperando o momento em que a conversa se dirija para o que realmente nos importa. E o fim do mundo nos importa, mas já não parecemos capazes de conferir a ele toda nossa seriedade. Ou talvez já não saibamos exatamente o que dizer nem como falar sobre o assunto, como se de certo modo o tivéssemos esgotado, mas o assunto resistisse, como se sempre ficasse um pouco fora de nosso alcance.

A conversa é sempre mais ou menos a mesma. As variações, se existem, são leves. Se recordo certos detalhes da conversa dessa noite em particular é porque se trata da última noite de Alejandro sobre a face da Terra. Não lembro como foi que começou. O que lembro é que mamãe, logo depois de colocar os guris para dormir, juntou-se a nós por algum tempo e que, ao ver que nos queixávamos de tudo pela enésima vez, despediu-se alegando um grande cansaço. Eu teria feito o mesmo, mas gosto desse momento depois de os meninos terem ido dormir. Maca preparou um mate, embora já passasse das dez. O verão vinha sendo o mais tempestuoso em muitos anos. A tempestade dessa noite foi a mais forte de todas, embora só tenha atingido o leste. Para nós será uma noite fresca e, para variar, limpa.

Lembro que haverá uma brisa quente em redemoinho no jardim quando Mariela, aludindo ao projeto em que vem trabalhando no Clemente Estable,[3] explique o funcionamento de uma proteína que se encarrega de transportar uma enzima de um lugar para outro da célula. Esse será um dos pontos altos da noite. A estrutura da proteína, em termos visuais, é similar à de uma figura humana naqueles desenhos infantis: parece ter duas patinhas num extremo do filamento principal e dois bracinhos no outro. Para ilustrar o movimento da proteína, Mariela vai ficar de pé, colocar as mãos em cima da cabeça, como se fosse um aborígene carregando um cesto, e dar uns passinhos de pinguim. Lembro de papai aproveitar o momento para aplicar sua lógica implacável:

---

[3] Instituto de Investigaciones Biológicas Clemente Estable, instituição pública uruguaia fundada em 1927, dedicada ao estudo e à pesquisa das ciências biológicas. (N.T.)

— Não tem jeito, estamos desconectadíssimos da natureza — diz ele. — Essa proteína, fazendo seu trabalhinho invisível, sem pensar muito. Tudo para a perpetuação da vida, para que a natureza siga avançando. Essa proteína não quer ser outra coisa além daquilo que é. Não quer ter mais do que ninguém nem anda atrás de alguma fama. Não constrói uma máquina para que faça o que ela tem de fazer, para depois poder passar o tempo coçando o saco. Mas, nós? Nós vamos contra tudo, começando pelo primeiro instinto. Destruímos tudo, caminhamos para a morte. Qualquer outro animal, qualquer outra planta teria se dado conta disso há tempos. Todos os bichos sobre a face da Terra se regem pelo mandato de não morrer.

— De não morrer? — dirá Mariela.

— De sobreviver, de se perpetuar — lembro de papai se corrigir. — O instinto de sobrevivência não é o primeiro de todos? Bem, somos a exceção. Nós o desobedecemos olimpicamente. E supõe-se que sejamos o ápice, os mais inteligentes de todos. Quem nos vendeu a ideia de que somos o ápice? Nos estragaram a vida com essa ideia. Expliquem-na para mim. Somos os únicos que desprezam o dom da vida. Que outro bicho é capaz de se matar com a droga? Nos matamos por um jogo de futebol. Nos fazemos matar por grana. Arriscamos a vida por um pouco de adrenalina... Há pessoas que vão à guerra como voluntários... Não consigo entender isso... O que terá de acontecer para nos darmos conta de que estamos no fundo do poço? Há algum outro bicho que se suicide, Marita?

— Os golfinhos podem deixar de respirar voluntariamente — dirá Marcos. — Quando estão muito deprimidos, em cativeiro, por exemplo, decidem deixar de respirar e morrem. São os únicos mamíferos a ter esse controle.

Os golfinhos, os líndos, inocentes e evoluídos golfinhos, com sua façanha suicida, nos deixarão pasmos por um segundo de silêncio que, se bem me lembro, serei eu a romper, argumentando que o desprezo pela vida talvez não seja tão negativo como parece. Citarei casos famosos de cientistas, inventores e artistas que se esqueciam de comer e de dormir quando trabalhavam. Essas pessoas provavelmente se sentiam mais vivas ali do que em qualquer outro momento, digo. O resto não significava nada para eles. O resto era somente respirar, sobreviver, ir adiante. Um monte de lugares comuns, isso é o que são nossas conversas, mas por algum motivo precisamos dizê-los e voltar a dizê-los. O que teria acontecido se Colombo tivesse achado muito arriscado ir para o oeste?, pergunto. Onde estaríamos se Colombo tivesse ficado em casa preocupado com sua vidinha?

— Estaríamos melhor — dirá papai, previsivelmente.

— Não estaríamos aqui — corrigirá Marcos. — Não nos conheceríamos.

Pelo que se soube depois, está claro que a essa altura da noite Alejandro já devia estar na companhia de Ana Laura, sua namorada do momento. O único de toda a brigada que volta todas as noites para uma barraca e não para uma casa — para diminuir custos, para poder viajar durante o ano —, Ale talvez já esteja no acampamento transando lindamente.

— Temo pelo futuro de meus filhos, temo pelo futuro de meus netos. Penso em Catalina, penso em Paco e em Juan. Temo que não tenham futuro — diz meu pai baixando a voz ao nível mínimo, dando-se conta do quanto está sendo deprimente.

E essa é a parte da conversa que retenho mais claramente, porque embora papai esteja repetindo algo dito mil vezes, também é certo que nesta noite ele, antes de qualquer outro, se antecipa ao que está por vir. Mais tarde, antes de sair o sol, aproximadamente à hora em que o coração de Ale deixe de bater, papai terá um sonho formidável.

Me indigna que papai use meus filhos para desgraças hipotéticas. Há anos que ele vem dando atenção a imagens de holocausto. Holocausto mineral, holocausto vegetal, holocausto animal, holocausto humano. Acha que algum dia vai voltar a ditadura, ou algo pior. Acha que algum dia vai haver uma guerra pela água e que virão atrás dela. Quando se deita, vê aviões de guerra, vê tanques. Vê soldados entrando em nossas casas, vê nossos bairros convertidos na Palestina.

É um bom homem, meu pai. Brinca com as crianças, deixa-os juntar caracóis na horta, leva-os à praia, coloca-os numa prancha, como fez conosco. Eu não tive um avô assim. Mas há momentos cada vez mais frequentes em que, enquanto está com eles, uma sombra cruza seu rosto e sei que está sendo vítima de imagens irresistíveis. Enquanto os netos brincam no presente com uma intensidade perfeita, ele os imagina habitando um planeta mergulhado na hecatombe, sem ar puro, sem alimento. Enquanto eles plantam bananeira ou correm atrás de uma bola, ele os imagina mortos, violados em meio à guerra total, reduzidos a escravos.

Nesta ocasião particular, porque não quero que a coisa se prolongue muito mais, não vou reagir. Não vou pedir a papai que deixe meus filhos em paz. Não vou lhe perguntar do que é que ele tanto gosta nessas imagens para não conseguir deixar de pensá-las. Vou me afundar num silêncio total e vou ouvir Mauro dizer, parafraseando Los Redondos, que o futuro chegou faz tempo. E Mariela dizendo: seja como for, se o mundo acabar, o mais provável é que não será como imaginamos. Não vai ser um meteoro nem os extraterrestres. Depois eu a ouço perguntar para papai se houve algo na vida dele que tenha sido como havia imaginado.

– O sexo se parece com o que você imaginou? A velhice? O trabalho? Os filhos?

Em seguida lembro de papai perguntar a Mariela se está falando de Milena, e de Mariela respondendo que está falando da vida.

– O casamento se parece com o que você imaginou? – dirá ela. – Por que seria diferente com o fim do mundo? Quando acontecer, de tanto imaginá-lo, não vamos nos dar conta.

– Este é o fim do mundo – lembro de Marcos falar, depois. – Ninguém fica vivo no fim do mundo. O fim do mundo é esperar o fim do mundo.

– Para todos os efeitos, dá no mesmo – dirá Mariela.

– Continuam falando do fim do mundo? Como não se entediam? – lembro de mamãe perguntando por último, da janela da cozinha, que dá diretamente para onde estamos sentados. Dirá algo mais por sob o volume das risadas e voltará para a cama com o copo d'água que veio buscar. Em todo caso, a noite não vai se prolongar muito mais. Como se trata da conversa que sempre temos e como não procura chegar a nenhuma conclusão, não é raro que ela termine de um segundo para outro, e, em geral, de fato, termina brandamente, com todo mundo esgotado. Depois de terem ajudado com a louça, Mariela e Mauro vão se retirar para a casa deles, Marcos e Maca para a edícula, enquanto eu me acomodo na sala, no sofá de couro. Não vou lembrar de nada com o que sonhar. Vou dormir profundamente, como há tempos não durmo, e só vou perder o sono brevemente quando começar a clarear, surpreso pelo quanto meu corpo, que geralmente sofre com este sofá, se sente bem.

Ao que parece, deram alerta magenta para esta noite. É a primeira coisa que Marcos menciona ao regressar de Playa Grande, mal deixa as mochilas de Alejandro no chão, em frente à tevê desligada. Magenta: atividade elétrica desatada. Marcos diz que os vizinhos, o Anão, o Canário, o Gusano, os policiais, todo mundo dizia que tinha sido como um bombardeio durante a noite.

Logo depois de colocar as duas pranchas de Alejandro no gramado dos fundos, papai fica em transe, com as mãos enfiadas nos bolsos da bermuda. Mamãe vai, pega-o pelo braço e se recosta sobre ele. Os dois se abraçam sem se fundir. Ela quer se enfiar dentro do peito dele e pretende acariciar sua nuca, mas fica muito alto para ela. Papai, cuidando do equilíbrio, não para de se encurvar. Diante da cena de meus pais chorando no fundo, os que estavam na varanda se enfiam na sala de jantar: tia Laura, tio Jaime e sua filha Leticia e os primos Ismael e Timoteo, que trabalham juntos instalando aparelhos de ar-condicionado e adiaram seus compromissos. Ninguém ouviu coisa alguma sobre um alerta magenta.

Que cor é magenta?, pergunto. Pergunto a Marcos. Como o negócio dele é cinema, suponho que deve saber. Marcos ocupa a poltrona de mamãe e observa as coisas de Ale. Mas não sabe. Uma espécie de vermelho, supõe.

Mas existe algo na natureza que seja magenta? Ou é uma cor artificial?

— O estranho é que Ale não tenha ficado sabendo que ia haver uma tempestade — interrompe tia Laura.

– Os salva-vidas não recebem o boletim meteorológico todos os dias?

Ela pergunta a Marcos, que também surfa e está sempre atento ao clima pela internet enquanto escreve seus roteiros e suas resenhas de filmes para blogs especializados e vive com Maca nos fundos da casa de meus pais, na edícula que Alejandro tinha construído e onde morava até menos de um ano atrás. Marcos se balança com os cotovelos nos joelhos e não responde.

– Você suspeita que ele sabia da tempestade que estava por vir...? – pergunta tia Laura. – Vocês não acham que o mais provável é que ele soubesse e que mesmo assim foi para a guarita?

Marcos já não a escuta. Parece longe dali. Balança-se cada vez mais forte. Então me planto em frente a uma das sacolas, pergunto a ele o que vamos fazer com as coisas de Ale, e ele foca seu olhar no meu até que termina por entender minha pergunta e deixa de se mexer.

Não podemos deixar tudo isso aqui, digo.

A primeira coisa que aparece, quando abro a sacola, são os tênis Adidas. Ficam um pouco apertados em mim. Ale calçava 44, eu 45. São de um tecido flexível e são lindos, mais um sapato social do que um calçado esportivo: azuis com motivos vermelhos na sola, tiras brancas, cordões brancos, e eu preciso desesperadamente de roupa. Sem as aulas particulares, meus rendimentos se reduzem à metade durante o verão, e, como passo a maior parte das férias com meus filhos, gasto o dobro e em geral ando esfarrapado até março ou abril.

Ale acabava de me fazer economizar uns três paus.

Da outra sacola Marcos extrai umas botas parecidas com as de construção e me alcança as botas junto com a camisa de flanela, que estava dobrada, e diz:

— Cinco paus.

Nenhuma das roupas lhe serve. Marcos não chega a ter um metro e oitenta, enquanto Ale beirava um metro e noventa. Eu parei de crescer aos dezesseis anos, quando cheguei a um metro e noventa e dois.

— Era enorme o filho da puta — diz Marcos. —Você não sabe o que era aquele corpão.

Demoro a me dar conta de que se refere ao cadáver de Alejandro. Em seguida se forma uma redoma ao nosso redor. Os demais seguem conjeturando se Ale ficou sabendo da tempestade ou se ela o terá pegado de surpresa. De vez em quando algum dos seus olhares tenta pousar, sem sucesso, sobre Marcos e eu. Pergunto a ele onde foi que o viram e Marcos diz que foi na prefeitura, e que estava enorme.

— Estava gigante. Você não sabe o que era.

Eu quisera ir reconhecer o corpo, mas não o fiz por estar com Paco e Juan. Marcos diz que não estava muito arruinado, estava apenas com o braço contraído, o direito.

Não estava cagado? Não tinha se mijado?

— Só tinha mordido o lábio do mesmo lado. Atravessou-o com os dentes. Dá para ver que esse foi o lado que recebeu o impacto.

A guarita não estava em pedaços. O raio tinha caído num dos postes de ferro sobre os quais estava apoiada. No lugar exato em que se cravava na areia, havia se dobrado e tinha uma espécie de arranhão.

Na última sacola que examino, entre um monte de coisas inúteis, encontrei os livros que Ale havia levado para o verão. *Sidarta*, de Hermann Hesse, *A sombra do vento*, de Carlos Ruiz Zafón, *No sufoco*, de Chuck Palahniuk, e *Lava*, meu primeiro livro em treze anos, que tinha sido publicado poucos meses antes. Eu tinha escrito muitas das páginas desse livro com Alejandro, durante a primeira fase de minha separação, quando me acolheu na edícula. Alejandro ensaiava com seu violão enquanto eu escrevia.

    O Lámpara, personagem principal do conto cujo título tem o mesmo nome, o conto que fecha o livro, está baseado nele. Na verdade, está baseado em Vispo, um amigo de juventude do meu pai. Atleta, inventor, compositor, *payador*, piadista, mulherengo, o centro de todas as festas. Papai nos falava dele e eu ficava fascinado pela fascinação que meu pai tinha por ele. O tipo de pessoa sobre a qual os demais não tinham outro remédio a não ser falar dela. O tipo de pessoa sobre a qual, afinal, alguém sempre terminava escrevendo. A inspiração para o Lámpara começou sendo Vispo e em seguida se transformou em Alejandro e pouco depois havia se somado à sua personalidade o tio Antonio, o irmão bêbado de minha mãe. Eles, os carismáticos, em geral não escreviam nada. O Lámpara chegava ao extremo de nunca querer gravar sequer uma de suas canções. Confiava em que tudo ficava gravado. Tudo deixava uma marca, por mais sutil que fosse. O Lámpara morria no fim do conto. Estava doente, sabia que estava morrendo, e escolhia sua maneira de morrer. Era uma das coisas que por algum motivo vieram me obcecar nem bem havia me separado de Brenda. Se alguém tivesse a sorte de saber que estava morrendo, seria capaz de planejar o momento? Alguém seria capaz de organizar sua própria morte? O Lámpara, sem forças para ir acampar em Santa Teresa, como fazia religiosamente todos os verões, escolhia montar uma barraca nos fundos de sua casa de Jacinto Vera e passava seus últimos dias fazendo de conta que estava lá, entre os pinheiros.

Logo depois de deixar as coisas de Ale no quarto do computador, encontro papai de pé na sala de jantar. Mamãe, os tios, Leticia, Mariela e Mauro estão sentados à mesa ouvindo-o. Ismael e Timoteo foram embora. Marcos foi para a edícula com os violões. Quando papai me vê chegar, rebobina um pouco e agora fala também para mim. Eu estava com vontade de esquentar água para fazer um chá, mas me detenho à entrada da sala de jantar e papai repete, para que eu ouça, que entrar na prefeitura de Santa Teresa tinha sido como entrar na máquina do tempo. Estava igual ao que era quarenta anos atrás. As mesmas paredes, a mesma escrivaninha, ou pelo menos uma muito parecida; até o cheiro era o mesmo.

– Cinquenta anos, Miguel, não quarenta – diz o tio. – Faz cinquenta anos.

Com Jaime, Vispo e outros sete ou oito amigos, papai iria formar uma turma de surfistas em meados dos anos sessenta. Datam dessa época suas lembranças mais intensas: os acampamentos em Santa Teresa, as caminhadas pelas dunas eternas do Cabo Polonio, a música dos violões ao redor do fogo. O surfe praticamente não existia por essas latitudes e, salvo pelas poucas ocasiões em que se encontram com algum brasileiro ou algum argentino experimentando nossas costas, meu pai e seus amigos são os únicos dentro d'água. São exploradores, são pioneiros. As expedições duram pelo menos dez ou quinze dias e levarão farinha e banha para as tortas fritas, arroz, cebola e batatas para os ensopados, e também pescarão e pegarão mexilhões.

– Você se lembra das milanesas que Alba nos mandava? – diz Jaime.

Quando iam a Santa Teresa, no meio da estada, quando os víveres já começavam a escassear ou quando começavam a se cansar do regime de ensopado e tortas fritas, a avó Alba os surpreendia, sem falta, com vários quilos de milanesas por encomenda.

– As milanesas da mama – diz papai.

Se esta fosse uma obra de teatro, este teria sido o sinal para que Leticia começasse a chorar. Quando seu tio Miguel disser: as milanesas da mama, assim, sem acento, *mama*, como um italiano diria, quando ele disser isso, você, Leticia, não vai aguentar mais e vai começar a chorar.

Papai ainda não tirou a pochete. Com a cabeça baixa, parece estar se perguntando que tipo de coisa é essa que tem atada à cintura.

– Ale estava numa caixa. Num ataúde de lata. Desses que usam para todos os que morrem ali, na praia. Como eu poderia saber, quarenta e cinco anos atrás, que um dia, naquele lugar, veria meu filho morto?

Vejo-o jovenzinho, com não mais de 24 anos, mais jovem que Alejandro, o rosto delicado e sério das fotos, tornado sério por uma sede de verdade que já começa a devorá-lo. Imagino-o recebendo o pacote de parte da avó Alba na prefeitura de Santa Teresa. Ainda não é pai de ninguém. O amor pelas ondas acabará levando-o ao Peru e ao Havaí, tudo financiado por seu magro salário do Instituto de Educação Física e, pelo jeito como logo contará essas histórias de juventude, dará a impressão de ter sido sua época mais feliz. Quando se deixar levar demasiadamente pela emoção, papai se fechará e terminará qualificando-a como uma época egoísta, de um mero correr atrás do prazer, coisa que vai chegar ao fim ao conhecer mamãe, aos 27 anos.

Acho que Leticia também enxerga papai jovem e feliz, mas ela o vê parado aqui entre nós, na sala de jantar, transportado cinquenta anos em direção ao futuro, porque Leti começa a chorar mais devagar e o olha fixamente, com o olhar como se mira um inocente. Mariela, à direita da prima, passa um braço sobre seu ombro. Em seguida o retira e se reclina contra Mauro. Mamãe está a ponto de dizer algo. Olha para papai, que não desgruda os olhos do teto, mas quando papai encontra o olhar dela, ela baixa os olhos.

Marcos dará a notícia a meus pais na edícula. Irá trazê-los da cozinha de sua casa, interrompendo a preparação do strogonoff de frango, o prato preferido dos meus filhos. Vai pedir que se sentem no sofá. Mamãe vai obedecer, papai não: vai querer receber a notícia de pé e vai começar a se impacientar. Não recordo que palavras Marcos vai usar. Vou ficar parado na porta, Macarena de braços cruzados junto à escada que leva ao mezanino. Vou abandonar a cena pela metade para ir contar aos meninos o que aconteceu.

Paco, Juan e Cata estarão desenhando na mesa da sala. Catalina vai se encolher na poltrona e chorar. Paco e Juan vão se entreolhar, sem entender muito, e em seguida vão olhar para mim procurando algum indício de como devem se sentir. Juan, que é fanático por super-heróis e está convencido de que sou um deles, vai me dizer para não me preocupar.

— Use seus poderes para que tio Ale deixe de estar morto e pronto.

— Isso é o pior que podia nos acontecer! — Será o primeiro grito de mamãe na edícula.

— Surfe de merda! — Será o segundo. — Praia de merda, tempestade de merda!

Jamais saberei se papai a ouve maldizer o dia em que ele nos ensinou a pegar ondas, porque enquanto ela grita

ele vai se apoiar na escada que leva ao mezanino, ao dormitório da edícula, repetindo: não, não, Ale, o que você fez?
— Para que mostrou a eles as ondas? — perguntará mamãe. — Para que os levou à praia e os ensinou a surfar?
— O surfe não tem nada que ver, mamita... — dirá Marcos. — O surfe era um gozo para Ale...
— O surfe o fazia levar esse estilo de vida! Essa vida intranscendente! Salva-vidas! Com as habilidades que tinha! Para quê!? Para estar perto da praiazinha, das garotinhas! Agora Alejandrito está morto! — dirá.
— Não diga isso, mamãe — Marcos vai pedir, de joelhos, controlando-se. — Não diga essas coisas...
— Tempestade de merda! Vida de merda!
Várias horas depois, quando papai fala de como o tempo desabou, mamãe está a ponto de lhe jogar na cara novamente o assunto do surfe; olha-o com raiva, disposta atrás da mesa da sala de jantar. Seria o pior momento. Mergulhado em seu estupor, papai se adianta a ela e diz:
— É culpa minha. Alejandro estava vivendo a vida que eu não vivi. Eu deixei essa vida quando amadureci — diz. — É uma vida vazia, mas ele não queria ter filhos, não queria uma companheira. Ele queria ficar livre. Estava bem com sua música e as ondas.
E as garotinhas, digo. Ele gostava das garotas. Gostava de todas, para que ia querer ter filhos?
— Era louco pelas mulheres o Ale... — diz papai.
— Bem, ele tinha como — diz Mauro.
— Aqueles olhos cinzentos — diz Mariela, ocupando a cadeira vazia entre mamãe e Jaime. — Era puro instinto.
Puro instinto, mas não queria ter filhos. É estranho, não?, digo.
— Não sei se é tão estranho — responde Marie.

Mas não era louco pelas mulheres. Era louco pelas garotas. Alejandro saía com garotas. Garotas que fossem bonitas. Lembram-se de Agus?, pergunto. Divina. Lucía? Divina. Mas, o que eram? Umas princesinhas. Sabem como é que Alejandro as chamava ultimamente? Pôneis. Eu dizia a ele, você pode transar com mil pôneis, mas não sabe o que é transar de verdade até transar com uma mulher e transar para procriar. Isso é transar de verdade. Aí sim é que você está jogando para valer. Aí sim é que se junta todo o potencial da foda.

Leticia sai pela porta de vidro praticamente miando. A tia Laura vai atrás dela. Ficam ao sol no caminho de pedra que leva à edícula, uma ao lado da outra.

— Será que você poderia cuidar um pouco do seu vocabulário? — diz mamãe.

Eu coloco toda a água no bule de cerâmica, em seguida dois saquinhos de chá preto e uma rodela de limão. Papai ajuda levando as xícaras até a mesa e traz o pote de mel. Em algum momento, Ale conheceria uma mulher que lhe daria filhos, digo depois. Se é verdade que gostava tanto de sexo, em algum momento ia querer ter um filho. Se você gosta de surfar, algum dia vai querer surfar a onda mais perfeita, não? E a onda perfeita em termos de transa é transar para procriar.

— Você também falava com ele sobre ter filhos? — diz papai. — Quem vai querer chá?

Eu dizia a ele: tomara que algum dia você conheça uma mulher que te pire o cabeção, assim você deixa de besteiras. Isso é o que fazia falta a ele. É uma regra. Para ser um homem de verdade você precisa de uma mulher de verdade. Para deixar de ser filho, você precisa ter filhos, gostem ou não disso. Pode haver exceções, casos fora do comum, mas no fundo é assim, discuto com quem quiser.

Mamãe diz:
— É isso que Brenda é para você? Uma mulher de verdade? — E desliza sua xícara em minha direção. — Não quero chá.

A gente pega a onda da vida da gente e nem sempre sai perfeito, respondo. Pergunte ao papai.

— É preciso fazer um esforço — diz ela. — É preciso fazer sacrifícios.

Mas o tema dessa conversa era quem matou quem, e estávamos nos desviando. Nos desviamos do assunto, digo a eles. O assunto é quem é o assassino. Não pode ser que Ale tenha vivido como quis. Se ele se enfiou nessa guarita na praia no meio de uma tempestade, só pode ter sido porque alguém o obrigou. É capaz que tenha sido porque um dia seu pai o colocou numa prancha de surfe. Pode ser. Pode ter sido qualquer coisa. Mas o que não pode ser é que um raio o tenha matado e pronto.

— Isso é o pior que poderia ter nos acontecido — diz mamãe, encarnada, dando socos na mesa. Repete isso várias vezes. Isso é o pior. O pior que pode acontecer a qualquer um.

Todos levantam suas xícaras para não derramar o chá e desviam o olhar. Jaime olha para onde estão Leticia e tia Laura. Marcos juntou-se a elas no caminho de pedra. Parado em frente a elas, colocou uma mão sobre o ombro de Leti. Mariela se levanta com sua xícara de chá, passa da sala de jantar à sala de estar e se planta em frente à estufa. Em cima do peitoril há fotos de toda a família. A foto central é de Milena com o tubo de oxigênio atravessando seu rosto e recostada sobre o peito de Marie, de quem não se vê nada além do queixo e de uma mecha de cabelo.

— Por que conosco, Miguel? Por que conosco? É antinatural, Miguel — diz mamãe.

Papai segura uma das mãos de mamãe sobre a mesa. Mamãe quer retirá-la, mas papai não deixa. Fazem força por um tempo, à vista de todos, até que mamãe afrouxa.

Não sabem o terror que eu tenho de que Paco morra, digo então.

Mamãe me pergunta o que estou dizendo e eu falo de novo, mas agora somente para ela. Digo: com Juan não sinto o mesmo. Talvez porque Paco seja um guri tão carinhoso, tão luminoso, tão capaz. Aprende tudo tão rápido. E os felizes, os felizes e os talentosos, sempre acabam morrendo mais cedo, não sei para quê.

Durante todo o último período da gravidez de Paco vou andar com a morte na cabeça. Eu, que vinha pensando na morte desde sempre, nos meus 30 anos vou pensar nela de um modo como nunca havia feito antes, enquanto Paco termina de desenvolver os pulmões e o sistema digestório no útero de Brenda. À medida que se aproxima a data do parto, vou ter a impressão cada vez mais clara de que aquilo que se aproxima é também uma espécie de morte, e não apenas porque o corpo de Brenda está chegando cada vez mais à beira do perigo. Mesmo que tudo saia bem, Paco vai deixar de estar no ventre da mãe, ao qual nunca retornará, e isso também é morte. Vai conhecer a solidão e os cheiros, que são formas da morte, e, desde o momento em que eu o vir e toque nele, tampouco poderei continuar a ser o mesmo. Algo em mim terá de morrer e algo, ao mesmo tempo, terá de nascer. O mundo inteiro mudará de pele quando Paco nascer, e vou começar a pensar em minha própria mortalidade, só que agora como alguém que se ligou à corrente contínua da propagação da espécie. Uma noite, bem tarde, vou me sentar e pensar sobre meu testamento, enquanto Brenda dorme, mas em seguida vou reparar no óbvio: não tenho nada para deixar a ninguém. O carro é compartilhado, a casa alugada, a maioria dos móveis nós ganhamos de presente e minha biblioteca não tem mais do que cem títulos. A seguir, quando vier a refletir sobre o que eu gostaria que fizessem com meu corpo, vou me dar conta de que na verdade isso não me importa minimamente. Enterro, cremação. Nada disso me preocupa. Tudo administrado por burocratas de terno e gravata; como os partos, por burocratas de látex. Mas o que mais me assombrará será o fato de que esse bebê, que é vida, vai nascer com sua própria morte às costas. Essa criatura, que ainda não nasceu, algum dia vai morrer. Esse bebê vinha marcado, e tinha o direito, tinha a obrigação de morrer sua própria morte, que era sua e de mais ninguém.

Trato de me explicar, confiando em que me compreendem: os tios, meus pais, Mauro e Mariela, Leticia, são todos pais e mães. Mariela me olha, em seguida olha para Mauro. O negócio de vocês foi especial, digo a eles. Vocês nem sequer tinham opção. Sabiam desde o início que Milena iria morrer.

– Dani, por favor – sussurra papai.

Jaime vai para a varanda.

Eu continuo: a bebê veio com data de vencimento, digo. Quanto tempo de vida os médicos tinham dado a ela? Um ano, no máximo? Isso muda tudo. Talvez até fosse uma vantagem. Quanto mais saudáveis eles saem, mais fácil é esquecer que um dia vão morrer. Você pensa que tem todo o tempo do mundo...

Papai murmura tão suavemente que não se consegue escutá-lo. Mamãe, de sua parte, respira fundo. Quando fala, soa irônica.

– Por favor – diz, como se pedisse mais.

Mas Mauro diz:

– Certo, com Milena tudo estava como que levado ao extremo. O tempo valia ouro. Cada segundo.

– Por sorte pudemos estar ali – diz Mariela, aproximando-se da mesa. A bebê morrerá em seus braços, no CTI, logo depois de Mariela e Mauro terem recusado a última operação proposta pelo hospital, da qual a bebê teria menos de três por cento de chances de sair viva.

– Foi admirável o que vocês fizeram – diz mamãe.

– Não foi admirável – diz Marie.

– Cuidaram dela dia e noite, dia e noite.

– Não foi admirável – diz Mariela.

– Bem, para mim sim! – diz mamãe. – Posso decidir sobre o que me parece admirável e o que não?

– É admirável se te causávamos pena. Se te parecia que estávamos tendo de suportar uma desgraça.

Eu sabia o que Mariela estava querendo dizer. Quando tinha que dançar, você dançava, e não havia nada grandioso nem admirável em tudo isso.

– Mas quem foi que disse...? – diz mamãe.

Para voltar ao assunto, pergunto a todos por que as pessoas morrem. Peço que pensem um pouco, por que morremos? Ficam me olhando. O que nos mata?, pergunto-lhes. Ter nascido: essa é a razão. O que fazemos quando decidimos ter um filho? Para que os trazemos ao mundo? Para que morram.

– Nós os trazemos ao mundo para que sejam felizes – diz papai. – Para que possam gozar o fato de estar vivos. Vale a pena viver, ou não?

Gozar, essa palavra. A palavra favorita de Ale. Gozar, gozar e gozar. Como a vida é curta: gozemos. Como fomos atirados à vida como ao fundo de um tango: dediquemo-nos a gozar. Mas gozar não está garantido. O que está garantido é a morte. Seu filho pode chegar a gozar ou não, mas, morrer, é certo que morrerá.

Mamãe interrompe, diz que Ale morreu porque se achava o macho da selva, que nunca lhe aconteceria nada. E pode ser que ela tenha razão, pode ser que todos tenham um pouco de razão, qualquer louco pode ter um pouco de razão. Eu, de minha parte, pergunto a ela em que nos metemos. Digo: em que nos metemos? Porque não é um crime ter filhos. Se fosse, teríamos de ir todos presos.

– Foi uma inconsciência. Não pensou na dor que causaria aos outros fazendo algo assim! – diz mamãe, embora, na verdade, se tivesse pensado no sofrimento que causaria à mãe, Alejandro não teria sido Alejandro. Jamais teria ido à Indonésia, não teria se tornado salva-vidas, talvez até continuasse sendo virgem. Se fosse por isso, nenhum de nós seria o que somos.

Papai urra, ao mesmo tempo que bate na mesa. Logo se põe a alisar a toalha com as duas mãos, ofegando como se tivesse voltado de uma corrida, e se desculpa. Em seguida pergunta se pode nos mostrar algo. Quer nos mostrar a última coisa que Alejandro escreveu.

Voltando de Playa Grande, papai vai encontrar um caderno na mochila de Ale. Vai começar a lê-lo no carro, de trás para frente. Vai arrancar uma folha e guardá-la na pochete. Está escrita com caneta vermelha, em letras maiúsculas. Papai abre a folha que arrancou, dobrada em oito partes, e a lê em voz alta. Mariela e eu nos aproximamos.

Uma multidão buscando o céu
E não conhece sua sombra
Conheço bem meu céu
E vigio bem de perto minhas sombras
A voz cruza as barreiras
Que esse oculto encerra
Quando me coloco numa condição
Sair é minha decisão
E desta vez a barreira se dissolveu
Pela voz que deu a resposta

Isso não é uma canção; não rima, não tem ritmo...
– É a última canção que escreveu – diz papai. – Tocou para mim outro dia, pelo telefone. Quando foi, anteontem? Não dava para ouvir muito bem. Quem me dera pudesse me lembrar da melodia.

Não é uma canção, comento. Nem sequer é um poema.
– Você pode parar um pouco, Dani? – me pergunta Mariela.

Mas eu lhe digo: Não se entende. Você entende o que ele quis dizer?

– "A voz que deu a resposta" – diz papai. – "Sair é minha decisão." Já sabia que ia morrer. Não dizem que as pessoas sensíveis se dão conta antes?

– Para mim suas canções sempre foram um pouco deprimentes – diz mamãe. – Para vocês pareciam lindas e positivas, mas sempre eram sobre se perder na natureza, sobre encontrar a verdade. "Que soem os sinos e que o universo me leve." Muito linda, mas é sobre morrer.

O filho da puta achava que era poeta. E queria morrer, digo. Mas todos queremos morrer. Não se passou nem meio dia e já parece que o Ale era clarividente. Agora parece que já sabia que ia morrer. Amanhã vai aparecer alguém dizendo que Alejandro lhe curou a cegueira.

– Pare – diz Mariela, e eu digo: Vou parar, sim.

Mas o que quero dizer é que Ale já era crescido e decidia o que queria fazer e nunca vamos saber se cabeceou um raio de propósito ou se porque era um idiota ou se já estava escrito nas estrelas.

– Foi por descuido, por ser egoísta – diz mamãe.

Mas se algo está claro é que se há alguém que não tem culpa de nada são os pais, prossigo. Como vamos ser culpados, se quem fica com a pior parte somos nós? Você é pai e sabe que algo como isso pode acontecer. Não é o mais comum. Não é que vá acontecer, necessariamente, que um filho morra antes de você, é o menos provável, mas pode acontecer. Você sabe disso, mas de qualquer jeito vai em frente e tem um filho. Talvez seja o pior que possa acontecer. Talvez seja verdade, mas é bastante comum, na realidade. É uma loteria.

– É o pior que pode te acontecer – diz mamãe.

Deve ser diferente para um irmão, digo.

– Por que você não vai para casa? – diz Mariela.

E isso não é nada. Comparado com o que será dentro de algum tempo, não é nada. Acreditem, estou dizendo a vocês que ainda não sentimos nada.

Mamãe leva a mão à cabeça.

– Como não sentimos nada? – diz.

Não sabemos nem o que sentimos, com tudo tão recente. Espere para ver dentro de um ou dois meses.

– Vá, tome um banho, deite-se e volte amanhã – diz Marie. – O corpo de Alejandro chega às onze, o resto você já sabe.

Marcos me acompanha até o ponto de ônibus, deixando a tia e a prima no caminho de pedra olhando na direção de Maca, que está sentada numa espreguiçadeira ao fundo, no limite do terreno, meio tapada pelo limoeiro.

São quatro da tarde, há muita poeira no ar. Marcos carrega a sacola com a roupa de Ale que estou levando para casa. Antes de nos sentarmos para esperar o ônibus, me pede um cigarro e me conta que Alejandro não passou a noite sozinho na guarita. Estava com a namorada, Ana Laura. O Canário e o Anão, os companheiros de guarita de Alejandro, a encontraram vagando pela praia. Ana Laura não sabia onde estava, não se lembrava de nada, apenas que num dado momento estava com Ale na guarita e que havia muito vento. Eu não sabia que Ale tinha uma namorada. Marcos, que só a viu em fotos, diz que se conheceram há algumas semanas, que a garota lhe pediu exclusividade e que Ale tinha achado que tudo bem. Planejavam viver juntos em Maldonado quando terminasse a temporada.

Como ela tinha conseguido se safar do raio?

– Não se safou de todo, perdeu a memória – diz Marcos fumando, olhando para o lago do outro lado da Giannattasio, o lago onde aprendemos a nadar. Em seguida diz que a prancha e o violão de Ale estavam na guarita. Seguramente tinham pensado em passar a noite ali. De manhã haveria ondas. Dá para ver que queria se levantar cedo para surfar.

– Havia ondas – diz. – Havia ondas de um metro e meio quando chegamos hoje em Playa Grande. Dizem que a tempestade começou apenas às três da manhã. Parece que Ale morreu às seis.

Depois de Maca, eu tinha sido o primeiro com quem Marcos falara logo depois da ligação do Anão. Eu estava particularmente embriagado de dor naquela manhã. Não conseguia parar de pensar em Brenda. Lembro do silêncio que me envolveu quando me deu a notícia. Me deixou sóbrio. De repente, toda a minha loucura por ela tinha se apagado de um só golpe. Todo aquele drama, sob cujo peso eu vinha praticamente me asfixiando, me abandonou de um momento para o outro. Lembro do alívio que senti.

Temos tempo para outro cigarro e, enquanto fumamos olhando o lago e a poeira que os carros levantam, pergunto a Marcos se não lhe parece que o mais lógico teria sido que eu morresse, em vez de Ale, e para minha surpresa Marcos responde que sim, que sempre achou que eu ia morrer cedo. Diz que começou a temer por mim na época em que eu tinha 18 ou 19 anos. Ele tinha 8 ou 9 e não sabia exatamente em que eu andava metido, mas que tinha começado a fumar e ele me via cada vez mais triste e ausente. Marcos diz que foi por aquela época que deixou de me contar como tinha sido seu dia quando voltava da escola, porque eu já não o escutava. Ou o escutava pela metade. Diz que por aquela época sonhava que eu morria e ia para o inferno.

— Depois você começou a escrever e me lembro que ouvia Nirvana, Nick Cave, Marilyn Manson. Eu tinha o quê, 12, 13 anos? Ale e eu também ouvíamos esses caras. Tudo era morte, morte, morte. Morte e escuridão.

— Eu imaginei a morte de todos vocês – diz Marcos, depois.

Diz que sempre imaginou — por ser o menor, supõe — que ficava sozinho no final, todos mortos menos ele.

Não considerei isto uma obsessão até meu primeiro ano na universidade. Nas oficinas de redação, sempre tirava as notas mais altas e meu professor, que em meados daquele ano se encarregaria de levar meu primeiro manuscrito a uma editora, sempre me pedia para ler meus trabalhos para o resto da turma. Foi depois de uma dessas leituras que uma colega de curso me perguntou, na frente de todos, o que é que eu tinha com a morte. Tudo que eu escrevia estava cheio de gente morrendo, cemitérios, sangue etc. Aquilo me pegou de surpresa. Nunca tinha parado para pensar nisso. Foi a primeira vez que um leitor me fez sentir nu. Não dei muita importância ao assunto naquele momento. Eu mal tinha começado a mostrar as coisas que escrevia e recebia bons retornos e isso me bastava.

    Pensar na morte tinha se convertido em algo normal para mim desde 1982, quando, aos meus 6 anos, morreu meu avô Washington, o pai de meu pai. Desde aquele momento e durante muito tempo me perguntei o que as pessoas sentiam ao morrer. Me perguntava se era possível estar consciente no momento da morte. Se era possível, de algum modo, ser testemunha da própria morte. Eu imaginava a sensação desse instante como a sensação mais verdadeira de todas. De tanto imaginá-la, comecei a desejar que acontecesse comigo. Lembro de me sentar ao sol nos fundos da casa, num lugar que ficava fora do campo de visão devido ao pinheiro e à acácia que cresciam juntos, e lembro de ficar ali durante horas, aguentando a sede e a fome. Imaginava que estava morrendo e num certo momento até me parecia que estivesse, porque tudo ficava de pernas para o ar: os ruídos dos pássaros e dos carros na Giannattasio se metiam dentro de mim, e de repente conseguia ouvir as batidas de meu coração fora do corpo e ouvir como o barulho de meu estômago me rodeava.

    Eu nunca morria e tampouco contava minhas fantasias para ninguém. Na família, se falávamos sobre a morte, era para nos referirmos a ela como algo ruim. Minha mãe, por causa do trabalho em seu salão de beleza, ficava sabendo de todas as mortes e doenças do bairro e sempre as comentava conosco como sendo desgraças. Além disso, ela tinha ficado especialmente sensível em relação ao assunto porque todos nós, seus filhos, tivemos alguma experiência próxima da morte. Eu tinha sido o primeiro, com um estafilococo contraído no hospital poucas horas depois de nascer, o que prolongou minha internação por mais de um mês, obrigando-os a uma insônia constante. Em seguida foi a vez de Alejandro, com uma peritonite adquirida aos 6 anos. Por último, e simultaneamente, Marcos teria uma mononucleose e Mariela, com apenas 14 aninhos, teria um tumor benigno no quadril.

Aos 6 ou 7 anos, Alejandro começou um jogo de perguntas e respostas que em geral propunha à mesa, durante alguma refeição, ou no carro, quando se entediava. Perguntava:

– Como vocês prefeririam morrer, com um trem te esmagando ou com um avião caindo em cima de vocês?

Não tinha nem 8 nem 9 anos. Devia ter uns 6 ou 7, porque era impossível atribuir qualquer seriedade a suas perguntas; nós as celebrávamos mais como uma manifestação engenhosa e estranha. Depois que respondíamos, Ale vinha com outro par de opções horrendas e não parava até que alguém, normalmente mamãe, mandava-o se calar. Você era comido por um leão, caía dentro de um vulcão, era obrigado a engolir uma bomba. Tudo muito emocionante. Eu me solidarizava com ele até certo ponto, mas não gostava daquele jogo. Não gostava de nenhuma das opções. Não davam tempo para nada ou eram tão dolorosas que a dor te deixava aturdido. Me faziam pensar nas milhões de formas de morrer que existiam, e me desesperava. As pessoas tinham uma artéria rompida ou o coração arrancado; engasgavam-se com um pedaço de pão ou levavam um tiro ou acabavam trituradas dentro de um carro; mas, quando eu me imaginava morrendo, não havia uma causa.

Alejandro pensava na morte, embora não diariamente, como eu. Para ele, pensar na morte era necessário. Mais do que na morte, era necessário pensar na própria mortalidade. Em sua morte – em como ele gostaria que fosse e em como ele não gostaria que fosse – quase não pensava. Preferia não ter imagem alguma desse momento e deixá-lo nas mãos do acaso. No meio de uma de suas viagens, pensou que ia morrer. Em Pichilemu, na costa do Chile, numa rebentação clara e fria, a ponta de uma onda de cinco metros havia caído em cima dele. Enquanto via como a filha da puta se fechava sobre ele, lenta, irrefreável, pensava: posso morrer aqui. Diz que duvidou. Nunca tinha visto a morte tão de perto. Estava sempre consciente dos riscos que corria quando viajava em busca de ondas grandes. Aqui, em nossa costa, apenas uma ou duas vezes por ano o mar ficava dessa envergadura, quase nunca no verão e, portanto, era difícil estar preparado para esse tipo de onda. A única maneira de se preparar para pegar uma onda grande era pegando ondas grandes, e as viagens de Ale nunca duravam mais do que três meses. De algum modo, em cada viagem ele tinha de aprender de novo a pegar ondas desse tamanho e em rebentações que eram sempre novas e que exigiam todo um processo para que se acostumasse a elas. Você sempre sentia a adrenalina ao entrar num mar assim. Ficava sério, por causa do medo. Não pegava a primeira onda boa, como fazia num mar pequeno. Deixava passar várias séries, estudava-as, ia procurando a melhor posição. A viagem ao Chile tinha sido uma de suas viagens solitárias e Ale estava sozinho na rebentação naquela tarde. Sua única companhia estava na beira do mar, um chileno que alugava seus serviços como fotógrafo. Era de lei não se enfiar sozinho num mar grande, mas Ale não ia esperar por ninguém, e diz que a onda se fechava sobre ele, que se perguntava: o que estou fazendo aqui? Quis se preparar endurecendo os músculos, e, quando a ponta da onda o alcançou, a força do impacto esvaziou seus pulmões de uma vez só. Depois o jogou contra o fundo rochoso e o sacudiu como um boneco, até que enxergou cores e os pulmões pegaram fogo. Passou o resto da tarde e a noite inteira jogado em sua barraca, sentindo-se agredido, como se tivesse levado uma surra. Depois de ter passado por isso, já não tinha uma imagem de sua própria morte que lhe causasse medo. Eu temia, antes de mais nada, a morte por alguma daquelas doenças que te deixam prostrado. Ele também achava que essa era uma das mortes menos desejáveis, mas não lhe causava pavor nem suspeitava que esse pudesse ser seu destino.

 Falávamos da morte. Filosofávamos. Fumávamos maconha e filosofávamos. Tomávamos mate e filosofávamos. Tomávamos grappa com mel, tomávamos vinho e falávamos de música, de bandas, falávamos de seu processo autodidata com a música, de livros, de mulheres. Quando Marcos cresceu, falávamos de filmes, de videogames, de artes marciais, bolávamos mil projetos que unissem música, cinema e letras, e filosofávamos. De todas as nossas conversas filosóficas, lembro especificamente de duas: a última, na qual Ale manifestou sua vontade de que o cremassem, e aquela que tivemos num meio-dia, anos atrás: Ale tinha 23 anos e estava estreando a edícula, eu tinha 30, em plena gravidez de Paco, e estava obcecado com a ideia de que, ao deixar os partos e os enterros de nossos parentes nas mãos de médicos e de burocratas, tínhamos perdido algo fundamental. Poder. Essa era a única palavra que eu tinha para nomear aquilo que havíamos perdido. Poder sobre nossas próprias vidas.

Aquele meio-dia será um dos primeiros com a edícula já terminada e fomos comer ali fora com Marcos (19) e com meu pai (60), numa mesa verde de plástico sobre o piso ainda revirado. A horta de meu pai, situada a uns três metros dali, parecerá magra e abatida, tendo sofrido os efeitos do pó e do barulho durante os meses de construção. Por que não éramos capazes, depois da morte de alguém da família, de nos encarregarmos pessoalmente do corpo? Minha hipótese era a de que, se você enterrava seus próprios mortos, isso devia te ajudar a fazer o luto. Em algumas horas você deveria processar o que normalmente te custaria anos. E quem poderia saber se isso também não seria diferente para o morto? Ainda que já estivesse morto, quem poderia saber se não haveria algum efeito no fato de que as últimas mãos a te tocar fossem mãos que te conheceram e te amaram?

— Isso se você acredita no espírito — lembro que Alejandro se queixou.

Mas todos os rituais funerários baseavam-se na crença no espírito. Serviam para dar impulso ao espírito do morto em sua viagem para o outro mundo. Quem disse isso foi Marcos, que desde os 12 anos tinha pegado o costume de ler a *Ilíada* uma vez por ano.

— Para mim o corpo e o espírito são uma coisa só, e não há outro mundo para onde ir — dirá Ale depois. Essa parte não lhe interessava. Para ele era suficiente que funcionasse para os que ficavam.

A última conversa aconteceu depois do enterro de Milena. Para que a bebê não descansasse sozinha, mamãe teve a ideia de comprar um lote no Parque del Recuerdo onde coubesse toda a família. Não havia nada intrinsecamente ruim na decisão dela, salvo pelo fato de que a havia tomado sem nos consultar. Nossa resposta não foi a que ela esperava. Ale, que em pouco tempo haveria de seguir Milena, foi o primeiro a renunciar a ser enterrado. Estava chegando ao final de uma experiência de convivência com Lucía, em seu apartamento de Montevidéu, e estava frustrado, e foi seco e taxativo.

— Façam o favor de me queimar, me jogar no mar, e acabou-se o que era doce.

Marcos também preferia o fogo. A ideia de apodrecer junto com minha família não me tentava em absoluto, mas fui um pouco mais cauteloso e disse que ainda não tinha isso claro, que ia ter de pensar.

Alejandro vai deixar a edícula definitivamente dez meses antes de desaparecer, em abril, quando se mudar junto com Lucía, com quem vivia há mais de um ano nos fundos da casa de meus pais. Já não gosta dela, jamais teria um filho com ela – estando com ela é que se dá conta de que não nasceu para ter filhos –, mas vai se mudar do mesmo jeito. A avó de Lucía vai comprar um apartamento para ela em Montevidéu, na Avenida 18 de Julio, o último lugar para o qual ele, que há anos sonha com um terreno no leste, gostaria de ir. Mas fica perto do Bellas Artes, onde ele se matriculou para estudar composição na Escola de Música e onde faz parte do coral, e Ale imagina que essa é uma oportunidade insuperável para finalmente se desgarrar da casa de papai e mamãe e dar um passo em direção à maturidade. Vai se mudar com a esperança de que, tal como venho dizendo a ele, ao morarem sozinhos e sem influências externas, sua relação com Lucía terá uma chance maior de reviver, ou pelo menos tomará um rumo mais claro.

— Se esse negócio da mudança não funcionar, sempre tenho Rocha no fim do ano — me dirá, numa de suas últimas noites na edícula. — Posso começar a pré-temporada em novembro, em outubro. Em setembro, se for preciso. O certo é que não volto para a edícula. Etapa superada.

Conscientemente dará um passo na direção contrária, indo para o oeste em vez de para o leste, indo para a cidade em vez de ir para a praia, dizendo a si mesmo que as coisas com Lucía vão se resolver, sabendo que isso não vai acontecer. Numa jogada de mestre, Alejandro vai comprar todo o material necessário para construir, num dos cinco cômodos do apartamento novo, o mais afastado, um estúdio de gravação. Além disso, é ele quem ficará encarregado da limpeza geral do apartamento, da reforma de uma parte do parquet da sala de jantar, de pintar a cozinha e até de empacotar a roupa de Lucía enquanto ela se torna cada vez mais ausente com a proximidade da mudança, consumida pelo trabalho e por urgências médicas. Lucía não fará nada para se mudar, salvo colocar obstáculos.

— Como se não estivesse se mudando — dirá Alejandro.

O último obstáculo vai ter a ver com a escolha do caminhão. Alejandro vai falar com o verdureiro da esquina e este vai lhe oferecer o caminhão, em cuja caçamba, depois de previamente lavada e desinfetada, podem transportar perfeitamente as coisas dos dois. Lucía morreria de nojo de colocar suas coisas num caminhão de verduras, tudo vai ficar com cheiro de barraca de feira, e então vai decidir contratar um outro caminhão para ela, um caminhão de uma empresa de mudanças que cobra o triplo do que cobra o verdureiro.

– Ou seja, vamos nos mudar em caminhões separados – dirá Ale.

Mudam-se juntos, mas separadamente.

– *Together apart* – ele dirá. – Assim se chama este capítulo da nossa relação.

No dia da mudança, digo a ele, você a ajuda a descarregar as coisas dela, deixa as suas no caminhão do verdureiro, dá uma grana a mais para o cara e pede que ele te leve para Rocha.

– Que Rocha nem Rocha – dirá ele. – Direto para a Costa Rica. Vou de táxi para a Costa Rica.

Vamos estar tomando grappa com mel, fumando um baseado, a janela corrediça aberta, no momento em que ouvirmos um ruído de folhas lá fora, de passos fugindo sobre um tapete de folhas secas. Será apenas um gambá, mas, de qualquer maneira, iluminados pela Lua, morrendo de rir, examinamos o jardim, caso Lucía esteja escondida atrás de alguma árvore ou entre os arbustos.

Vinte e quatro horas antes da mudança, Lucía vai admitir que o caminhão que contratou é grande demais, suas coisas não ocupam nem um quinto do espaço disponível, e vai propor que Ale meta suas coisas junto com as dela. Ela paga o carreto, um pouco para compensar o quanto tem estado desaparecida nos últimos tempos. Mudam-se juntos-juntos então, mas, no dia seguinte, depois de uma primeira noite de sexo no apartamento, Lucía vai perder seu jogo de chaves. Não vai se lembrar de onde pode tê-lo deixado cair. Vão procurá-lo pela casa toda. Depois sairão para a rua e depois vão perguntar, sem sucesso, em vários dos estabelecimentos comerciais daquela quadra.

Nessa noite, Lucía não vai conseguir pregar o olho imaginando que o maluco que encontrou suas chaves vai forçar a entrada no apartamento nem bem ela comece a dormir. É uma garota grande de corpo, bonita, um pônei crescido e vistoso. Ocupa muito espaço. Pode ocupar uma casa inteira com sua voz, como Alejandro. Pode-se ouvir suas conversas a distância. Lucía não vai ficar outra noite sem dormir, daí que Alejandro fica encarregado de trocar as fechaduras nesse dia, enquanto ela está no trabalho. Para Ale, o conserto vai acabar custando exatamente o mesmo que economizou com o caminhão. Ela não vai pensar em pagar nem a metade.

– Parece que, tal como previsto, a pré-temporada inicia mais cedo este ano – me dirá Alejandro na primeira vez em que passo para conhecer o apartamento e ajudá-lo com os móveis. Lucía, tal como fizera antes da mudança, se ausenta o dia inteiro. Quando volta, está exausta ou nervosa demais ou já é muito tarde para fazer qualquer coisa, e é Ale quem se ocupará da organização de tudo, além de fazer as compras e de cozinhar.

Nesta tarde em particular, Lucía vai irromper pela porta na hora do pôr do sol e não poderá ocultar sua desilusão ao nos encontrar tomando cerveja em suas poltronas, ouvindo música, a sala livre das caixas, exceto pelas de livros, que estarão organizadamente enfileiradas embaixo da biblioteca. Vai correr direto para o banheiro, dizendo que já volta. Em pouco tempo Ale irá averiguar qual é o problema. Cinco minutos depois, como continuo sozinho na sala com uma cerveja e a ponta de um baseado, me ponho a folhear os livros que estão nas caixas.

– Talvez seja melhor você ir embora – me dirá Ale do vão que se comunica com o corredor.

–Não! Não é para ir! – Lucía vai gritar, do banheiro.
– Já saio!

Acabamos tirando todos os livros das caixas. Vai sobrar um monte de espaço nas estantes, que vão se encher de fotos e de enfeites. Quando já estamos na metade, Lucía aparece, as bochechas brilhantes, e, sem falar no que acabou de acontecer, vai tomar um gole do copo de Alejandro e vai começar a reordenar os livros que já ordenamos. Então vai nos explicar que quer separar seus livros daqueles que o tio lhe deu, e vai falar do tio e do pai e de como, desde a morte do pai, o tio começará a tratá-la como o pai a tratava. Já não lhe dará apelidos horríveis, vai chamá-la de Lucecita como o pai a chamava, com o tom idêntico, a mesma caidinha na última sílaba. Assim como o pai, o tio lhe telefonará três vezes por semana e lhe perguntará pelas mesmas coisas: o trabalho, a alimentação, os assuntos sentimentais, se precisa de dinheiro. Como o pai, a cada mês vai lhe dar um presente inesperado. Seja o que for: um eletrodoméstico, um jogo de taças de cristal, um par de tênis, um móvel que já não usa. De modo que, cada vez que falar com o tio, Lucía vai pensar em seu pai. Vai ficar com a impressão de que o pai a protege por meio do tio. No início, vai achar que se trata de uma estratégia do tio para que ela não se sinta completamente abandonada, em seguida vai especular que talvez o pai tenha deixado instruções ao irmão mais novo sobre como cuidar dela, e isso irá reconfortá-la, mas não por muito tempo. Num determinado momento, isso vai começar a lhe parecer violento e tenebroso e Lucía começará a experimentar sua perda duplamente: a morte do pai lhe privou do pai e também do tio, e quando Lucía falar com o tio estará falando com um morto que lhe faz lembrar permanentemente de outro morto. Vou acabar levando para casa alguns dos livros do tio.

— Dos livros dele você pode levar os que quiser, menos o de Frida Kahlo, que me interessa — dirá Lucía, já mais composta, quase com confiança, quando acabar de colocá-los na prateleira mais alta. Vou escolher o primeiro volume das *Obras completas* de Borges, editado pela Emecé, e mais uns dois ou três.

Desde o primeiro dia no apartamento novo, enquanto desembala suas coisas e as ordena, Alejandro vai separar algumas horas para ir montando o estúdio de gravação. Esse fato, ao contrário do que ele imaginava, não parece deixar Lucía muito tranquila, pois ela não o percebe como garantia da durabilidade da relação. Não vou acompanhá-lo nesse processo, não vou querer pisar em seu apartamento por um tempo, mas ele vai me falar sobre isso por telefone.

Ale corta os suportes de pinho e as placas de compensado com as próprias mãos. Manda cortar as placas de gesso e as cobre com uma tela de moquette. Junta as placas de compensado com as de moquette aparafusando-as aos suportes de pinho depois de ter preenchido os interstícios com espuma. Vai e volta da ferragem. Depois de um mês, quando tudo estiver pronto, irei ver como ficou. Dentro do último cômodo vou me deparar com uma cabine cinza de três por três, erguida contra uma das paredes interiores, deixando espaço suficiente para transitar e para guardar o djembê, o alaúde, as guitarras elétricas e o baixo, todos ordenados num canto. A cabine será ultrassilenciosa, hermética, realmente profissional. Não terá ventilação, mas uma placa de acrílico funcionando como janela, para que entre luz. Entre a bateria e o computador haverá espaço para uma cadeira. Fará muito calor ali dentro. Alejandro terá dedicado um monte de tempo e de esforço ao estúdio sabendo que um dia, e um dia não muito distante, terá de desmontá-lo. Ele mesmo vai anunciar isso, na terceira e última vez em que o visite, enquanto comemos salame cantimpalo, queijo, pão e vinho, seu alimento de todos os dias, na cozinha que tem duas geladeiras, uma para ele e outra para Lucía, que está em tratamento por algum problema digestivo e não pode comer carne nem nenhum tipo de farinha.

– Estou gravando um disco. Vou aproveitar que construí este estúdio. Quando terminar de gravá-lo, vou à merda – palavras de Alejandro.

Sua permanência no apartamento, portanto, passará a ser medida pelo tempo que leve para gravar seu disco, ao qual vai incorporar tudo o que aprende na Escola de Música e no coral do Bellas Artes, onde o ensinam a cantar com a cara toda, coisa que vai se notar imediatamente em sua voz, mais relaxada, mais confiante do que nunca. Não vou visitá-lo em absoluto nessa última época, que dura dois meses, até setembro. Não quero correr o risco de topar com Lucía outra vez. Não quero ser parte das lembranças tristes com que seu apartamento vem se preenchendo. Vou ouvir várias das canções novas quando encontrar Ale na casa dos meus pais e quando ele aparecer em minha casa num domingo, para um churrasco, o primeiro que come desde que se mudou. Vou ouvi-lo se queixar de que mal consegue sair à rua. Fica tonto com o barulho de Montevidéu, os cheiros, o nível de excitação que se respira, a quantidade de olhares cheios de intenções, e assim passa praticamente o dia inteiro no estúdio. Teme que o disco esteja ficando muito barroco, está metendo a mão no programa de gravação e está amenizando isso.

– Por mim, ficaria um ano inteiro mexendo no disco, mas não sei quanto tempo mais vou aguentar, então vou ter de simplificar.

Vou me perguntar se Ale não terá construído o estúdio para complicar sua fuga. Vou imaginá-lo obcecado com o projeto do disco, demorando até o verão, regressando ao apartamento depois da temporada em Rocha para continuar com a gravação de um disco trabalhado e retrabalhado ao infinito, Ale tocando todos os instrumentos, fazendo todas as vozes, controlando tudo, cercado pelo ambiente mais hostil possível e, por isso, concentrado como nunca.

Na tarde do churrasco em minha casa, bêbados e chapados, vou contar minha fantasia para Alejandro e vamos fantasiar juntos que ele acaba ficando no apartamento da 18 de Julio para sempre, vivendo praticamente o dia inteiro em sua ratoeira hermética de três por três. De tão envolvido que anda com sua música, ele e Lucía já nem sequer se falam, e acabam vivendo como primeiramente tinham pensado em se mudar, juntos, mas separados. Nem sequer dormem mais juntos; Lucía inclusive arranja outro namorado, e os dois toleram a presença de Alejandro no apartamento porque a esta altura Ale terá se tornado quase um fantasma; se sai do estúdio é para ir ao banheiro ou para preparar algo para comer. Num certo momento imaginamos que uma noite o telefone toca e são os vizinhos do primeiro andar, um casal de velhos; um cano se rompeu, a casa está inundada, precisam de ajuda. Em nossa fantasia, Lucía não quer de jeito nenhum que Alejandro desça para lhes dar uma mão, mas Ale desce e resolve o problema, resultando daí que os velhos se afeiçoam a ele e começam a chamá-lo para que conserte coisas. Um dia quem liga é outro vizinho, com as luzes de todo um lado da casa apagadas; conseguiu seu número com os vizinhos do primeiro andar, que lhe falaram maravilhas sobre ele, e Ale acaba praticamente se transformando num funcionário de manutenção do edifício inteiro. Chamam-no de todos os andares, convidam-no para comer, para beber algo, acaba transando com uma guriazinha do terceiro andar, uma aluna do liceu. Não, não transa com ninguém: exceto por Ale e Lucía, todos os que moram no edifício são velhos. Alejandro sobe para tocar violão para uma velha que não consegue tirar os sapatos nem para dormir. Lucía não aguenta mais e o expulsa de casa. Os velhos do primeiro andar o interceptam quando passa em frente à porta com as malas. Não o deixam ir embora, convocam os outros velhos do edifício, numa assembleia decidem reformar um quarto abandonado no térreo, onde Ale vive durante décadas com um salário suficiente para comer à vontade, tendo chegado a um acordo inclusive com Lucía, que lhe permite usar o estúdio enquanto ela está fora, mais de dez horas por dia.

Mas a verdade é que Alejandro vai terminar de gravar o disco no meio da primavera e, quando o fizer, sairá do apartamento de Lucía e ficará em minha casa em Parque del Plata até novembro, quando irá para Rocha. As paredes do estúdio, que ele desmonta em três horas junto com um amigo, ficarão no galpão junto com os pedaços de espuma e os rolos de moquette que sobraram. Vai guardar esses materiais com a ideia de que talvez volte a montar um estúdio na casinha que comprará ou construirá daqui a pouco tempo, provavelmente em Santa Ana ou em Cuchilla Alta.

Quando cheguei à casa na fatídica tarde de 9 de fevereiro, depois de deixar a sacola com as roupas de Ale no chão da cozinha, fui direto para o galpão e comecei a colocar tudo para fora. Tirei as paredes do estúdio. Tirei a porta, que era o mais pesado de tudo. Tirei os rolos de moquette e as espumas. A ideia era arrastar as coisas até a rua para que o lixeiro ou algum catador as levasse, mas não demorou muito até todo o cansaço do dia se abater sobre mim, junto com uma dor insuportável no pescoço e nos braços, e acabei deixando tudo jogado na grama.

Às onze e quinze recebi uma ligação de um número desconhecido. Lembro de desejar que não se tratasse de nada que tivesse a ver com Ale. Teria preferido que se tratasse de alguma outra questão, algo relativo ao trabalho, até mesmo alguma pesquisa. Era Agustina, a primeira namorada de Ale.

Eu estava presente no dia em que Alejandro a encarou. Ale estava cursando o nível de proficiência em inglês no Anglo de Lagomar, onde eu trabalhava. Agustina, que era linda, de olhos claros e fugidios, também se preparava para um exame avançado, o CAE, de Cambridge, e era minha aluna. Nossas aulas terminavam na mesma hora. Eu pegava o ônibus para Shangrilá com Ale, Agustina pegava o ônibus para El Pinar, do outro lado da estrada. Nessa tarde, Ale chegou a entrar no ônibus, pagou a passagem e desceu na parada seguinte, depois de me dizer:

– É agora ou nunca. Vou encarar Agustina.

Eu o vi cruzar a estrada correndo. A partir desse momento tornaram-se quase inseparáveis. Viam-se durante o dia e ela ligava para ele à noite, às vezes já de madrugada. Agustina dizia que seu padrasto a assediava e ligava para Alejandro duas ou três noites por semana para lhe dizer que estava na rua, perguntar se ele não podia encontrá-la. O telefone tocava e acordava meus pais, que tentavam por todos os meios dissuadi-lo de ir ao encontro dela.

– O que essa garotinha está fazendo com você? Não se deixe manipular – dizia-lhe minha mãe.

Mas Ale estava apaixonado, estava transando pela primeira vez, e de noite corria pelo acostamento da estrada para não se cagar de frio, esperando na parada. Às vezes corria até cinco quilômetros sem que passasse um ônibus. Quando aparecia um, entrava nele. E a acompanhava. Caminhavam pelas ruas de El Pinar. Andavam até a praia. Quando dava, voltavam para a casa dela, dormiam em sua cama. Ale sofria por ela. Várias vezes falou em encarar o padrasto, mas, quando o encontrava, o padrasto o tratava amavelmente, como se nada de estranho acontecesse.

A princípio, quando me disse seu nome, não soube qual Agustina podia ser. Depois, com seu sobrenome, Figueroa, me veio a lembrança. Ao longo dos anos, Ale e ela tinham voltado a se encontrar. Sempre eram encontros explosivos, e sempre acabavam por se dar conta, a contragosto, de que não tinham sido feitos um para o outro. Precisava falar comigo. Tinha conseguido meu número através de Marcos, com quem tinha um amigo em comum. Não fazia nem quinze minutos que Alejandro tinha aparecido para ela em seu quarto. Estava dormindo e algo a havia despertado: Alejandro estava parado ao lado da cama, bonito, com o sorriso mais doce. Um de seus braços estava incandescente.

– Não consigo parar de tremer ao te contar isso – dizia Agustina.

Embora o fantasma de Alejandro não falasse, Agustina tinha entendido que ele esperava sua permissão para se meter na cama com ela. Mas Agustina sentia tanto medo que começou a chorar e isso o fez desaparecer. Foi então que se conectou ao Facebook e acessou a página de Ale, e assim é que ficou sabendo.

Ficou um tempo chorando do outro lado do telefone. Em seguida, entre lágrimas, me falou sobre como eu tinha sido importante para eles. Tinham conhecido o rock através de mim. Ale gravava fitas cassetes para ela com meus discos de Dirty Three, dos Violent Femmes, dos Stone Temple Pilots.

– Você se lembra da caixa com os lados B dos Smashing Pumpkins?

Em seguida me perguntou se tinha visto o Facebook de Alejandro. Aqui sua voz se quebrou, por causa da indignação. As pessoas estavam enchendo a conta de Ale com fotos e vídeos e com mensagens dirigidas a ele, como se Ale fosse recebê-las via internet. Sua conta estava se transformando num álbum de recordações. Pior, numa lápide. Depois me disse que um dia desses tínhamos de tomar um café. Não sabia se teria coragem para ir ao velório, mas algum dia tínhamos de nos ver e conversar. Ela ia precisar disso.

– Posso te contar mil histórias do Ale que ninguém conhece – disse, embora eu ainda não estivesse escrevendo sobre ele. Nem sequer tinha pensado nisso.

A conversa com Agustina me fez ir para a rua. Fazia tempo que não tínhamos duas noites secas em sequência. Em vez de caminhar pelas ruas interiores, como gosto de fazer, andei pelo acostamento da Interbalneária. Na altura em que moro, a Interbalneária se alonga numa reta perfeita que se estende por mais de cinco quilômetros até fazer uma curva abrupta chegando ao arroio Solís Chico. Pensei em ir até a casa de Clara, queria dormir nos braços de alguém, mas ficava arrepiado ao pensar no que Agustina havia me contado, o fantasma de Ale querendo se meter na cama, e não queria me afastar das luzes. Cheguei até os semáforos e dei a volta.

Para minha surpresa, de novo dormi profundamente. Dessa vez tive um sonho do qual foi quase impossível despertar. Eu estava deitado na grama olhando o céu, e tudo era paz até perceber que algo caía do céu em queda livre. Caía na direção exata do meu peito. Me dei conta de que se tratava de Ale quando já estava a ponto de se chocar contra mim. Então sua queda se detinha, a velocidade dessa coisa peluda diminuía até chegar a zero e começava a flutuar em torno do meu corpo. Envolto por seus cabelos, mal conseguia distinguir partes do rosto de Alejandro no meio daquele monte de pelos, enquanto ele me farejava como um filhote à procura da teta da mãe. E não deixava de fazer isso por mais que eu lhe dissesse e repetisse: aqui não há um corpo para você, aqui não há um corpo.

Na manhã do velório, depois de anotar o que havia sonhado, fiquei pensando em como podia ser que Brenda tivesse sumido da minha cabeça de um segundo para outro. Sua imagem já não me impedia de descansar durante a noite e, se pensava nela, me aparecia como algo distante, inofensivo. Depois de tomar banho, pus os Adidas de Ale e cheguei à casa de meus velhos um pouco antes das onze. Mariela, tio Jaime e tia Laura já estavam lá. Papai estava acabando de se vestir para ir receber o cadáver. Estava calçando os sapatos sentado numa cadeira da sala de jantar. Mamãe olhava para ele.

Mamucha, veterano, cumprimentei-os e me dei conta, um segundo depois, pelo espanto em seus rostos, de que era assim que Alejandro os chamava.

A tevê estava ligada, sem volume. Ao me ver olhando para a tela, mamãe disse que não tinham falado nada sobre Ale no jornal da manhã. As notícias sobre ele na tevê haviam durado um único dia. Em seguida quis saber se Mariela e eu iríamos acompanhá-los agora até Salhón ou se iríamos mais tarde. Fiquei com a impressão de que mamãe e papai queriam ficar sozinhos, por um momento, com o corpo de Alejandro. Mariela pensou o mesmo; soube disso quando nossos olhares se cruzaram. Também achei que tampouco desejavam a companhia de Jaime e de tia Laura nesta primeira instância, mas os tios estavam se fazendo de desentendidos. A tia, com efeito, tinha se agarrado ao braço de minha mãe. Eu a ouvi dizer que não tinha conseguido dormir a noite toda: não parava de pensar em Ale, a situação pela qual devia ter passado, o medo que devia ter sentido ali dentro daquela guarita, pobrezinho.

— Eu escutava trovões durante a noite, mas ia para a sacada e não havia trovões — dizia a tia.

Mamãe também os havia escutado. Ela tampouco tinha conseguido dormir.

— Não sei como vou fazer para dormir nas noites de tempestade — disse.

Foi nesse momento que perguntei a Mariela por Marcos, que estava nos fundos.

— O que meu pequenino terá pensado? — dizia mamãe. — Eu fecho os olhos e o vejo me chamando no meio dos relâmpagos.

— Sole, Sole — a tia a consolava. — Tenho certeza de que Ale pensou em você nesses momentos. Você é a mãe dele.

Já estava saindo com Mariela quando a voz de mamãe nos deteve para avisar que Marcos tinha terminado com Macarena. Tinha-a mandado embora nessa noite.

— Às dez horas bateram na porta e era Maca com umas malas, dizendo que vinha se despedir. Seus pais passaram aqui para buscá-la. Estava destroçada. Não sei como Marquitos pôde fazer isso. Será que querem nos matar de tristeza?

Na entrada da edícula Marcos tocava violão ao sol, de óculos escuros. Agora, em vez de ter os cabelos presos, tinha-os soltado.

— Eu tinha de ter feito isso antes — adiantou-se, referindo-se a Maca. — Já estava previsto. Ia ser ontem, de qualquer jeito. De quantas coisas me privei todos esses anos? Me privei de viajar com Ale ao Chile, ele me convidava para ir a Recife e à Indonésia e eu sempre dizia não, não posso. E tudo por causa do dinheirinho e dos projetos de casal. E agora Alejandro está morto. Até quando tinha de esperar para deixá-la? Teria sido melhor depois do enterro? Quanto? Uma semana? Dois meses? Hoje estamos vivos, amanhã não se sabe.

Maca parecia feita para Marcos. Os dois enérgicos, os dois, gente de fazer planos, da mesma idade, uma dançando, o outro filmando, os dois com um gosto especial pelo LSD. Lembrava-me da noite em que tinha tomado ácido com eles e com Ale na edícula, não muito antes de Ale sair rumo a sua última temporada em Rocha. Tomamos meia cartela cada um e num dado momento estávamos ouvindo canções no YouTube e as canções mudavam rápido demais. Havia muita conversa para o meu gosto. Comentavam demasiadamente o que acontecia com eles. Se não era algum comentário sobre a música, punham-se a comparar percepções ou a recordar outras noites de ácido. A certa altura, Maca teve um ataque de riso e quis que todos entrássemos em sua viagem. Marcos, de modo um pouco forçado, tinha concordado. A tensão que os carcomia já estava se manifestando e fez com que me sentisse mal, mas fiquei ali mais um pouco. Não lembro quem colocou *The dark side of the moon*, e ficamos um bom tempo escutando o disco e contemplando a capa na tela do computador. Os feixes de luz coloridos que emanavam da pirâmide se movimentavam e se projetavam para fora da tela, pacíficos, para o interior da edícula. Era um espetáculo simples e bonito, mas mesmo isso foi recebido com uma algaravia fora de toda medida, e não muito depois acabei indo dormir, me sentindo um velho amargurado.

Aos 13 anos, Mariela já tinha terminado o conservatório de piano. Numa cadeira de plástico branca, com o violão que arrancou das mãos de Marcos, começou a arranhar "Come as you are", a canção do disco acústico do Nirvana que ensinou para Ale quando ele quis aprender a tocar violão, aos 14 anos. Não chegou nem à metade da canção e teve de parar. Em seguida Marcos levou o violão para dentro. Antes de sair outra vez, colocou, em seu computador, o disco que Alejandro tinha gravado no famoso estúdio portátil no apartamento de Lucía. Eu não podia deixar de pensar que a morte de Ale havia sido como uma bomba e que Maca era sua primeira vítima. Vinham-me à mente imagens tiradas de algum filme: imagens de pessoas atingidas pela onda expansiva da bomba atômica. A onda as alcançava enquanto corriam, fugindo da explosão, e um vento nuclear deixava-as como que radiografadas por um instante. Seu esqueleto negro ficava translúcido, e logo caíam pulverizadas.

Estava imaginando isso quando Marcos se deu conta de que eu havia calçado os Adidas de Alejandro e me perguntou se não estavam apertados. Um pouco, respondi. O que era incômodo era sua pegada, que não se encaixava com o formato da planta do meu pé. Mariela, então, olhando para os meus tênis, perguntou se podia me dar um conselho e em seguida me aconselhou a não os usar.

– Não se usa os sapatos dos mortos – disse. Perguntei-lhe por que não e, se chegou a responder, não a ouvi; tinha me distraído com o início de "Vayas donde vayas". Era a toadinha que vinha cantarolando desde cedo. Eu a vinha cantarolando no ônibus. Tinha me levantado com a toadinha na cabeça e não me dava conta do que era.

A canção data da época imediatamente anterior à mudança de Alejandro para Montevidéu. O estribilho diz: "Onde quer que você vá, sua casa está dentro de você". Embora jamais tenhamos conversado sobre isso, sempre me pareceu que, com essa canção, Ale tinha querido responder, de um modo nada sutil, à minha contínua instigação para que ele abandonasse de uma vez por todas a edícula, edícula à qual eu já tinha me oposto energicamente desde o começo, desde que Ale tinha me contado sobre seu projeto de construir algo nos fundos da casa de papai e mamãe para ganhar maior independência. Ele tinha 23 anos naquela época.

Não preferia uma independência total? Não se dava conta de que ia continuar vivendo no mesmo espaço mental dos pais? Não se dava conta de que isso era o que eles mais queriam? De que, se fosse por eles, teríamos todos morado no mesmo quarteirão?

Eu tinha 30 anos, estava a ponto de ter meu primeiro filho e já estava há sete anos fora de casa, arrependido por não ter saído antes. Já fazia tempo que havia me convertido num expert em papai e mamãe. De algum modo, foram eles que me deram o olho de escritor. Eu descrevia seu *modus operandi* para Alejandro, enumerava suas forças e fraquezas, mas Ale não enxergava o mesmo que eu. Algumas de minhas razões lhe pareciam evidentes, mas não o afetavam tanto quanto a mim. Ou talvez tivesse se adiantado a mim também nisso, em perdoar nossos pais. Ou, pura e simplesmente, para ele a liberdade passava por outras coisas. Ainda era jovem, queria viajar, e deixei-o em paz, e só retomamos o assunto sete anos mais tarde, isso porque sua relação com Lucía tinha atingido um ponto crítico, com os dois morando na edícula, e de repente surgira a possibilidade de se mudarem para o apartamento da 18 de Julio. Como queria ter uma relação verdadeira com uma mulher se morava na casa dos pais? Sempre seriam como duas crianças enquanto continuassem ali.

E se mude por causa de sua música, eu lhe dizia: toda a música que você escreveu até agora você escreveu aqui. O primeiro destino de cada tema que você compõe são os ouvidos de papai e mamãe. Você corre para mostrar a eles. E, se não for a eles, você corre para mostrar a algum de nós, se andamos por perto. O que temos que te dizer? Que bom, Alejandrito, que lindas as suas canções? Temos de gostar de todas? Quantos anos você tem, oito? Que música você faria se estivesse vivendo por sua conta? É preciso crescer. É preciso descobrir a própria mente.

Será que não vai querer se afastar da casa de sua infância porque sabe que vai morrer jovem? Vai querer aproveitar para ficar perto da família antes que chegue a sua hora ou será que apenas vai demorar mais do que o resto dos irmãos? Até Marcos, quatro anos mais moço do que Ale, sairá de casa antes dele. Irá morar na casa da tia de Maca, em condições menos que ideais, embora, em seguida, assolado por problemas de dinheiro e de espaço, vá se ver obrigado a voltar para ocupar o lugar que Alejandro deixara vazio.

Será por isso, porque nunca acaba de abandonar a matriz, que os temas de Alejandro irão eludir a dor e falarão sempre sobre a fusão amorfa com a natureza?

Quando terminou a canção, contei para Marcos e Mariela meu sonho com Ale caindo do céu em queda livre. Era uma coisa peluda, como o primo Coisa da *Família Addams*, e me cheirava todo, como um filhotinho. Depois perguntei a eles se tinham sonhado. Mariela não havia sonhado. Marcos tinha a impressão de ter sonhado, mas não se lembrava com o quê.

Talvez não seja legal dizer isso, lembro de ter dito depois, mas não imagino Alejandro morrendo de nenhuma outra maneira. Juro para vocês que não consigo imaginá-lo morrendo debaixo de um carro ou internado num hospital, vocês imaginam?

Mariela negava com a cabeça, os olhos fechados, seguindo a cadência da música.

– Não consigo falar agora – dizia.

A morte de Ale combinava com sua personalidade, não lhes parece? Dentro de uma onda, como quase tinha morrido, era a única outra morte que podia imaginar para ele.

– Ale teria preferido que fosse dentro de uma onda – opinou Marcos. – Teria preferido morrer em alguma arrebentação. Puerto Escondido, Grajagan, Uluwatu.

Se tivesse sido atropelado por um carro, talvez até desse para se indignar. Se fosse isso que tivesse acontecido, talvez eu até fosse procurar o punheteiro que estava dirigindo para lhe dar uma surra; mas, do jeito que foi, com quem iríamos nos indignar? Por isso me destroçava o coração ver mamãe xingando a tempestade. Como é que você vai se indignar com uma tempestade? Como se a tempestade fosse uma filha da puta e tivesse querido matá-lo de propósito.

Você não está em contato com a realidade se pensar assim. Em que mundo você vive? Injustiça, injustiça!

– Não, não há injustiça – disse Marcos.

Eu não conhecia ninguém que tivesse tido uma morte tão coerente. Pablo Vázquez, que era meu colega de liceu, tinha se estraçalhado dentro de um carro aos 16 anos, o cara que dirigia estava bêbado. Que consolo isso podia te dar? O filho de Sandra, que Marcos e Mariela jamais conheceram, Miguel, 4 aninhos: também se estropiou dentro de um carro dirigido pelo pai, que saiu sem um arranhão. Felipe Garmona, o amigo de Marcos, overdose de cocaína. Juan Andrés se deu um tiro porque tinha sido abandonado por uma garota. Jorgito Viana tinha se enforcado no meio do campo depois de passar três dias seguidos comendo cogumelos. Contei a eles sobre o caso de um guri que ia ao Anglo. Não me lembrava do nome, não tinha sido meu aluno, tinha um sobrenome basco. Seu caso ficou famoso, tinha saído na tevê, como o de Ale. Tinham-no atropelado durante o carnaval de La Pedrera. Dezoito anos. O garoto decidiu encerrar a noite mais cedo e voltar para a casa que estava alugando com um grupo de amigos. Andava tranquilamente, caminhando pela beira da calçada, e um carro que vinha de frente, ou seja, pelo outro lado, passa por cima dele: a namorada do sujeito que estava dirigindo vinha chupando seu pau e o cara perdeu o controle do volante. Isso era grotesco. Aí dava tranquilamente para se indignar. Aí eu entendia. Mas Playa Grande era uma baía paradisíaca. Parecia o Brasil, com aqueles morros que se enfiavam no mar, o pinheiral atrás. Alejandro mesmo a chamava de um paraíso, ou não? Por isso escolhia passar um terço do ano ali, o lugar em que iria morrer quase que por uma probabilidade estatística. Onde seria eletrocutado por um raio capaz de gerar cinco vezes mais calor do que a superfície do Sol. E tinha morrido rodeado pela garota, a prancha e o violão, suas coisas prediletas. E se você tivesse a morte que merecesse? E se a morte fosse o momento em que o caráter de uma pessoa acabasse de se revelar? Quem eram esses que conseguiam que a morte fosse tão transparente? O que o filho da puta deixava para nós? Como teríamos de morrer para estar à sua altura?

— Nós ficamos loucos ou já estávamos? — disse Mariela.

Poucos minutos mais tarde — enquanto aprontávamos tudo para ir ao velório, onde papai e mamãe já tinham passado tempo demais sozinhos com o corpo —, num acesso de lucidez, Marcos teve a ideia de levar o computador com a música de Alejandro.

A funerária fica atrás daquele horror que é o Costa Urbana Shopping, do outro lado da rua que o circunda. Fazia sol, e havia gente sentada nas escadarias da entrada do Centro Cívico, onde juntaram todos os escritórios do serviço público. Mariela se adiantou a nós. Meteu-se com o computador e as caixas de som pela porta batente de vidros marrons e, em vez de passar diretamente para ver Alejandro, encontrou uma tomada junto a uma mesinha, colocou a floreira que a enfeitava no chão e se distraiu conectando os aparelhos e procurando o arquivo com as canções de Alejandro. Marcos, que já tinha visto o cadáver, foi direto até papai e mamãe, que estavam parados sob o vão da sala em que estava o ataúde, ladeados pelos tios, como que esperando para receber os primeiros familiares, e deu um longo abraço em cada um.

O caixão, marrom escuro, reluzente, estava todo fechado, exceto na parte superior, onde cabia a cara amortalhada de Ale. Era o único pedaço de sua pele que dava para ver, a pele do rosto, e estava pálida. Vários cachos longos de cabelo escapavam do tecido, louros e brancos e castanhos. Pela boca entreaberta viam-se seus dentes, e havia uma coisa estranha, que eu não conseguia saber o que era, em seus lábios.

— Aí está Alejandrito — mamãe sussurrou para mim, de pé à minha direita. — Aí está seu irmão.

Mas, se esse fosse Alejandro, ele diria alguma coisa. Eu olhava para os seus dentes. Eram seus dentes, os incisivos em forma de proa, mas não era ele.

— Foi aqui que ele se mordeu — disse Marcos, que tinha se plantado à minha esquerda e tocava com o indicador o lábio inferior de Ale, que já não era o lábio inferior de ninguém. Era isso que havia de estranho, essa área muito lisa que Marcos acariciava levemente enquanto eu acariciava seus cachos, pensando: meus filhos deveriam estar aqui para ver e tocar o tio morto. O que Paco e Juan sabiam sobre a morte? Tinham visto algum cachorro morto na beira da estrada, pássaros, sapos, peixes e nada mais. Juan tinha ficado maluco uma tarde, na praia, ao ver como um pescador pegava uma corvina e a deixava na areia para agonizar. Gritava com o pobre do sujeito para que devolvesse o peixe à água e gritava conosco, Brenda e eu, para que o apoiássemos, enquanto a corvina se debatia fora de seu elemento. As lágrimas saltavam de seu rosto e ele ficou tão agitado que tivemos de voltar para casa. Estava relembrando a expressão com que o pescador me encarou, como se me perguntasse que tipo de menino eu estava criando, quando mamãe se inclinou sobre o ataúde, abriu a pálpebra de um dos olhos de Ale, chamou-o de pequenino diante de sua pupila indiferente e começou a chorar sobre o corpo.

Com a música de Ale tocando, saí com Marcos para a outra sala. Mariela, como se estivesse esperando sua vez, se meteu na sala do ataúde. A música cobria o choro e as lamúrias, nunca completamente, e fiquei uma boa meia hora com Marcos no sofá encostado na parede oposta ao computador. Em determinado momento, passaram, como num desfile, quatro sujeitos de terno e gravata, cada um carregando um arranjo floral, que levaram até a sala de Alejandro e em seguida tornaram a sair em fila indiana. Então Marcos disse que teríamos de fazer alguma coisa com a música dele. Um dia desses teríamos de nos reunir e fazer uma seleção de temas e levá-los a alguma gravadora.

– Olhe só o que é esta música – diz. – Esta música tem de sair para o mundo.

Marcos tinha sido o primeiro fã de Alejandro. Ele e seu grupo de amigos do kung-fu praticamente o idolatravam. Tinham passado juntos incontáveis noites de bebedeira, de tocar forte, de conexão musical. Os amigos de Marcos o convidavam para tocar em suas festas, e foi com um deles, o Sebita, que acabou formando La Voz en Off, um duo furioso de guitarra e bateria, com o qual Ale gravaria os primeiros discos caseiros. Em poucos anos iriam se separar – o Sebita não se empenhava, enquanto Ale tinha começado a estudar com o Topo, dos Buenos Muchachos –, e a partir de então vai se dedicar a tocar sozinho. Vai aprender a tocar bateria e a usar o software que o habilite a já não precisar de mais ninguém. Voltará a ter alguns grupos efêmeros, todos com músicos amadores, mas principalmente se conformará em ser uma banda de um homem só. Eu tinha me oferecido várias vezes para levar seus discos para Bizarro ou para Ayuí, mas ele havia se negado. Não ficava claro para mim se ele realmente não precisava difundir sua música ou se, no fundo, o que sentia era um simples temor à rejeição, mas entendia que quisesse se manter puro, inédito. Ale acreditava no ato de fazer música. Na experiência do momento de tocar. Essa experiência era o mais importante. Na realidade, era a única coisa que importava. Boa parte de seu aprendizado ocorreu durante a época em que eu estava afastado da literatura. Havia deixado de escrever logo depois de publicar meu terceiro livro. Me aferraria ao pensamento de que somente voltaria a escrever se fosse capaz de recuperar minha inocência original, e não faltaram ocasiões em que Ale e eu nos púnhamos a discorrer sobre a pureza. Quanto de sua voz e de sua música, que agora ouvíamos nas caixas de som, sobreviveriam a ele? Ele era genial? Que importância isso tinha naquela tarde?

Quando finalmente chegou a primeira leva de familiares, ficamos de pé para ser abraçados e voltamos a nos sentar: isso durante um bom tempo. Antes de nos dispersarmos, Marcos apoiou a cabeça em meu ombro e começou a cantar baixinho, acompanhando a voz de Ale. Embargado pela emoção, não demorou a perder a vergonha e começou a cantar mais alto, sem medo de ser ouvido. Se eu não tivesse me perturbado pela certeza imprevista de que havia pessoas que não sabiam que o que estava tocando nas caixas de som era a música do finado, teria feito o mesmo. Pessoas como as funcionárias do salão de beleza de mamãe, hoje vestidas com roupas comuns, sem touca e sem avental, apinhadas no sofá em frente ao nosso sem poder esconder o quanto achavam assustador nos ver assim, jogados um em cima do outro, formando um coro de bêbados.

Depois disso, por mais de uma hora, salvo por uma única ocasião em que entrei de novo no edifício principal, fiquei tomando sol numa espécie de banquinho de praça, fumando e cumprimentando e observando o tropel de pessoas que lotavam as salas e invadiam o pátio, mais de duzentas. Estavam ali os colegas de Alejandro do curso de Educação Física, alguns salva-vidas da região, amigos do bairro, amigos da noite e velhos colegas do liceu. Não deveria ter estranhado o fato de que a maioria soubesse quem sou sem jamais ter me visto, nem que quando me dissessem seus nomes eu pudesse identificá-los quase imediatamente. Alguns se aproximavam e me cumprimentavam sem se apresentar, com uma efusão que me dizia que em algum momento, em algum lugar, tínhamos nos encontrado. Agustina não estava.

Natalia e Rafael, que eu conhecia por algumas histórias e por fotos, foram os últimos que cumprimentei. Moraram três meses com meu irmão na Indonésia, onde lhe pediram que fosse seu padrinho de casamento, realizado num templo ao ar livre. A Indonésia, onde Rafa vai botar para fora todo sofrimento e todo rancor que guardava no coração ao sonhar e conversar todas as noites com o pai suicida, onde Alejandro também vai sonhar os sonhos mais intensos de sua vida, atribuindo-os à mefloquina e à atmosfera impregnada de hinduísmo. Apertando meus ombros com as mãos, olhando-me nos olhos, Rafa me contou que Ale sempre dizia que eu era o mais espiritual dos irmãos. Natalia, ao seu lado, incrivelmente bonita, com uma fita branca nos cabelos, assentia levantando as sobrancelhas. Davam a impressão de que estavam me confessando algo importantíssimo, e tive um ataque de riso. Em seguida estávamos os três morrendo de rir.

– Sempre dizia isso – ria Natalia. – Dizia: Dani é o mais espiritual de todos...

Acho que vocês ouviram mal, eu dizia. Deve ter dito que eu era o mais cabeção.

— Ale nos contava... – ria Rafael.

Deve ter dito que eu era o mais negativo.

— Espiritual – ela ria. – Dizia espiritual.

Agora, vejam que é preciso ser muito espiritual para se dar conta de quem é o mais espiritual, digo a eles.

— Sim, sim, sim, sim, bem isso, bem isso, bem isso... – os dois riam.

Tivemos o bom senso de nos despedir com um abraço antes de as risadas se extinguirem, e abri caminho em meio à multidão sem olhar nos olhos de ninguém. Lá dentro estava fresco e a música de Ale soava mais baixa, só consegui ouvi-la quando passei em frente às caixas de som. Deixei de ouvi-la quando entrei na sala do féretro e vi a avó Amor sentada, ladeada por minha mãe e pela tia Laura. Mamãe e a tia falavam alguma coisa, meio inclinadas para a frente, mas a avó não participava desse fogo cruzado, apenas olhava para o caixão e para o ar em cima do ataúde e só me viu quando me agachei para lhe dar um beijo e um abraço.

Não a tinha visto chegar. Chama-se Soledad, como minha mãe, mas sempre foi a avó Amor, ou simplesmente Amor, desde que sua primeira neta, Viviana, lhe colocou esse apelido.

— Você viu que peninha mais preciosa? – me disse a avó, apontando para o caixão.

Que peninha, vovó?

— Um rapaz veio e a colocou ali, um moreninho.

Sobre o caixão, à altura do peito de Ale, repousava uma pena preta maior que minha mão. Era linda, frondosa, compacta; parecia ter sido penteada.

— Foi divino – disse a avó. – Entrou, colocou a pena no caixão e se foi.

— Já saiu — acrescentou mamãe, enternecida. — Era negro. Magrinho, muito jovem. Estava com um shortinho vermelho, a verdade é que não sei quem era.

Não havia nenhum garoto de short ali dentro nem no pátio, e havia só dois ou três negros no velório, um deles o Negro Laguna, meu amigo de infância, que mora perto do lago onde aprendemos a nadar, sendo dele a corda de Tarzan pendurada no eucalipto nos fundos da casa, perto da margem.

O negrinho tampouco estava na rua. Não estava nas escadarias da entrada do Centro Cívico e não estava na praça, à qual cheguei contornando o shopping pelo acesso ao estacionamento e onde parei para fumar do outro lado da amurada, enquanto examinava todos os grupos de garotos acampados à sombra da parede.

Pensei duas vezes antes de atender a ligação de Brenda. Estava ligando apenas para me dar um grande abraço naquele momento. Disse a ela que, se quisesse, podia passar no velório, que talvez não fosse uma má ideia que os meninos vissem Ale. Não era um desses velórios patéticos.

— Os meninos têm seu próprio processo — ela disse. — Não sei se precisam ver tanta tristeza de gente grande. Para eles é diferente. Agora estão brincando tranquilos na piscina...

Não a deixei terminar. Havia umas duzentas pessoas, talvez trezentas. Eu disse: não me pergunte o que Alejandro fazia para ter tantos amigos. E: estão acontecendo coisas curiosas. O clima não era esse a que ela se referia. Tinha vindo muita gente. A maioria eu nem conhecia, mas sabia quem era e conhecia suas histórias com Ale porque ele me contava. Alejandro falava para todos os seus amigos sobre seus outros amigos e para todos eles falava de nós e todo mundo sabia uns dos outros, disse. E falava bem dos outros, nunca falava mal. Disse: poucas vezes o ouvi falar mal de algum amigo, e se falava mal era sempre com uma pena terrível por ter de fazê-lo. E: como Ale era um cara alegre, há alegria aqui, te juro. Os amigos se alegravam ao vê-lo, entende? Alejandro os visitava, os amigos vinham vê-lo. Está me ouvindo?

— A ligação está ruim — ela disse.

Tudo isso dava para sentir. E agora tinha aparecido uma pena sobre o caixão e não se sabia quem a havia colocado ali. Um negro, supostamente um garoto, mas não estava em lugar algum. Não sei de onde Alejandro podia conhecer um garoto assim, e que lhe trouxesse uma pena. Está parecendo que é um garoto de rua, disse. Você não sabe o que é a pena. Preta, grande, não sei de que bicho é, mas era o que faltava. Ou seja, antes, sem a pena, o caixão era uma coisa. Você não está ouvindo porra nenhuma.

— A pena, sim, mais ou menos, tem muito vento aí onde você está?

Não importava. Estava tudo bem. Havia vento e havia sol e os meninos brincavam nos fundos de sua casa nova com piscina enquanto eu voltava ao velório com a ordem de Brenda de que abraçasse meus pais por ela. Agarrei primeiro papai, que escutava as canções de Ale com tio Jaime perto das caixas de som. Por um momento praticamente dançamos ao som de uma canção regada por uma flauta andina que Alejandro havia escrito enquanto fazia o caminho do Inca com papai, quase dez anos atrás. Em seguida Jaime se juntou a nós, enfiou sua barrigona no meio e acabamos os três agarrados pelos ombros e unidos pela cabeça, como esportistas conspirando.

Os meninos ainda deviam estar brincando, ou talvez estivessem tomando um sorvete sentados na beira da piscina, quando abracei mamãe, que estava de braços com Amor e vinha com a notícia de que o cortejo estava por sair, tínhamos de entrar nos carros.

Terá sido a caminho do cemitério que senti pela primeira vez a necessidade de escrever sobre tudo isso? No carro da funerária, vazio a não ser por minha avó e por mim, que vamos no banco de trás?
– Já chega, já vi de tudo – diz ela, mal começamos a andar.
Tem 91 anos e sabe de cor as datas de aniversário de seus três filhos, dezessete netos e vinte e cinco bisnetos. Tinge os cabelos de um loiro muito leve e, como são curtos e estão bastante escassos, enchem-se de luz quando neles bate o sol.
É um trajeto curto até o Parque del Recuerdo, não mais de três quilômetros, e é aí que decido escrever sobre Alejandro. Aí ou um pouco mais tarde, enquanto acompanho minha avó até a capela do cemitério, onde o féretro de Ale já espera, posicionado no proscênio. À frente vai Catalina, que há pouco enterrou sua irmãzinha neste mesmo lugar e que com o tio perdeu também o professor de violão. Vai cabisbaixa e com as mãos enfiadas nos bolsos da calça, alguns passos atrás de Mauro e de Mariela.
Chamo a atenção de minha avó para o fato de que a pena também veio. E é verdade, a pena está apoiada em cima do caixão no mesmo lugar, a mesma pena no caixão agora todo fechado. Como conseguiram fazer com que não voasse?
– Não vá tirá-la – diz ela.
A avó Amor foi a próxima a passar para o outro lado depois de Alejandro, em agosto, um mês depois de ter feito

92 anos. A terceira morte na família em menos de um ano e meio: Milena num extremo, Amor no outro. Milena morrendo nos braços de Mariela, que canta uma canção para ela; Amor nos braços da filha Soledad, que chora e que é a mãe de Alejandro, que vai morrer a trezentos quilômetros de todos, levado em meio a uma tempestade elétrica de cor magenta.

Amor se senta na primeira fila; com um gesto de mão me dispensa: mamãe requer minha presença lá fora. Sou o último a me juntar a eles. Papai, Marcos e Mariela escutam mamãe, que quer terminar de organizar a tarde.

– A primeira que quer dizer algumas palavras é Catalina – diz. – Depois falamos papai e eu, e depois os irmãos, por ordem de idade, que tal?

– E onde está Cata? – diz papai.

– Foi visitar Milena – diz Mariela, apontando com o olhar na direção do prédio onde hoje, depois de quase uma volta inteira em torno do Sol, o corpinho da bebê continua a se decompor.

Mariela não quer falar durante o serviço. Sabe que não vai conseguir.

– Ainda há gente chegando e se acomodando – diz papai. – Fiquem por aqui. Quando todos chegarem, começamos.

O caminho que leva do estacionamento perto da estrada até a capelinha de tijolo à vista está repleto de gente lenta, em pequenos grupos ou sozinha, alguns com guarda-chuvas abertos, porque começou a chuviscar. O gramado inchado e reluzente por causa da chuva se estende sem fissuras até onde a vista alcança. Não há lápides verticais nem cruzes nem estátuas de nenhum tipo, no máximo alguma placa colocada no solo. Olhando bem, o que se vê é um jardim cuidado à inglesa, com árvores e sebes brotando aqui e ali como pequenas ilhas. Afasto-me junto com Marcos e Mariela, refugiamo-nos sob a sombra de uma anágua-de-vênus nos fundos da capela.

Não há uma só árvore velha, digo eu. Aqui enterraram Pablo Vázquez, e isso foi há quanto tempo, vinte anos? O cemitério recém tinha aberto, tudo estava recém-plantado.

Marcos tira um baseado do bolso e o acende. Retendo a fumaça e logo soltando-a devagar no ar repleto de pequenas gotas, diz:

– Ale me deu meu primeiro baseado. Ale está aqui. *Gracias*, Ale.

Em seguida me passa o baseado, dou uma tragada profunda e o devolvo a ele; Mariela não fuma. Marcos era mais próximo de Ale. Por causa da idade, tinham vivido mais coisas juntos. Digo a ele que, se quiser falar antes de mim durante o serviço, não há problema. Na opinião de Marcos, a ordem dos fatores não altera o produto.

Mas não está certo. Se alguém tivesse de escrever sobre Alejandro, teria de ser ele. Se alguém tivesse de ficar a cargo de sua elegia, ou mesmo de retratá-lo, teria de ser Marcos. De fato, Marcos fez um retrato de Alejandro, uma filmagem de dez minutos intitulada *Retrato*, na qual Ale não diz nada, só aparece, aos 26 anos, sentado no velho sofá da edícula, preparando seu violão para tocar, feliz que Marcos o esteja filmando. Prepara o computador para gravar, o microfone, coloca os fones de ouvido. Aparecem suas pranchas penduradas no teto. Aparece a filmagem de um tubo que fez numa onda na Costa Rica. De fundo, soam o tempo todo fragmentos instrumentais de suas canções, fragmentos que captam perfeitamente a qualidade hipnótica de sua música. Em seguida aparece de pé, do lado de fora, ao sol, encostado na parede. Ainda não está com os cabelos até os ombros, mas com a barbicha e o bigode. Olha para a câmera por um tempo tão longo que seu sorriso vai se transformando. Marcos o filma com o diafragma aberto, às vezes o satura de luz, e o sorriso de Alejandro oscila: torna-se natural, em seguida consciente de si mesmo.

Não era uma coisa de filme gringo falar nos enterros?

Marcos fuma e diz que papai tem escrito o que vai falar, vem tomando notas desde a noite. Eu não me lembrava que teríamos de falar. Talvez esse seja o momento em que de algum modo começo a escrever sobre Alejandro, o primeiro momento desde sua morte em que me ponho a procurar palavras.

– É lindo estar nesta viagem com vocês – diz Marcos, e abraça Marie primeiro, depois a mim.

Logo que Mariela se vai, Marcos me passa o baseado e insiste em que lhe dê outra tragada, a última. Explico a ele que não como nada desde ontem e que com uma só tragada já fiquei prontinho.

– Aqui está Ale. Aqui sempre vamos encontrá-lo – diz Marcos, olhando para o baseado entre os dedos, antes de passá-lo para mim.

Eu repito seu gesto. Olho para o baseado em minha mão e, pela primeira vez desde que morreu, falo diretamente com Alejandro.

Bueno, Ale, já que você está aqui, me diga o que falar, digo. É seu velório, que merda tenho de falar? Para quem se fala? Para as pessoas? Para você? Preciso falar de você? Tenho de tentar contar como você era? Preciso contar alguma lembrança? Tenho de dizer como me sinto? Tenho de dizer algo que transmita esperança?

– Fale para se despedir dele – diz Marcos. – Esta é a despedida de Alejandro.

A despedida de Alejandro, sussurro, tirando a fumaça dos pulmões e tragando outra vez. Estamos nos despedindo de você, Ale. É agora.

— E não vai acontecer de novo — diz Marcos.

Agora é o momento dos detalhes. Os sinos da capela soam três vezes, logo param. Há bastante gente de pé do lado de fora, sob a cornija, fumando ou olhando para dentro, e nos encaminhamos para lá. Foi bom ter levado a música de Ale para o seu velório, digo. Sua música não podia faltar em sua própria despedida.

— Claro que não; se Ale está em algum lugar, é aí.

Em sua música e em seu baseado.

— E essas pessoas? — diz Marcos. — E todas essas pessoas que vieram? Gente que eu não via há mil anos. Incrível. É tão perfeito.

Então pergunto a ele se viu a pena e Marcos me pergunta que pena.

Quando entramos na capelinha, tenho certeza de que tudo isto já está sendo escrito. Quase consigo ver Alejandro nos escrevendo de dentro do caixão fechado, enfeitado com essa pena de condor ou de corvo. É Alejandro quem vai nos organizando em torno de si, Alejandro quem vai acalmando um por um os amigos, a família. Está querendo nos dizer algo com tudo isso que é sua morte.

Marcos, sentado à minha direita, me mostra uma garota ajoelhada no corredor.

— Essa é Ana Laura, que estava na guarita com Ale. A que está ao lado dela é sua mãe.

A mãe está desconfortável assim, de joelhos. É a única pessoa que não olha para o ataúde nem para a cruz nem em nossa direção; olha o que está imediatamente ao redor, como que verificando se não está invadindo o espaço de ninguém. Sua filha, de cabelos castanhos e lisos, vestida de azul, não deve ter nem 25 anos. Está com os olhos postos nas vigas do teto, sorridentes como os olhos dos cegos, como se achasse graça em algo que estivesse ouvindo ou sentindo na pele.

O momento hollywoodiano passou rapidamente, e foi emocionante. Os primeiros a subir foram papai e mamãe, postando-se juntos em frente ao microfone. Foram as pessoas que evitaram que os dois desmoronassem. Não lembro do que papai disse. Lembro dele tirando um papel do bolso da camisa, lembro dele desdobrando o papel e em seguida lembro dele se arrependendo e voltando a dobrar o papel para guardá-lo no bolso da calça. Mas a primeira a falar foi mamãe. Tirou os óculos escuros e seus lindos olhos, árabes como os meus, estavam resplandecentes. Agradeceu repetidamente aos presentes por a terem feito sentir, dentro daquela tristeza imensa, dentro da maior tristeza que já havia sentido, o amor que tinham por Alejandro, o filho empedernidamente feliz que acabava de perder.

Eu não esperava que as pessoas fossem aplaudir depois de cada fala, mas foi isso que fizeram. Do fundo da sala chegavam, inclusive, cânticos e palavras de estímulo. Quando Cata terminou de ler sua fala, a explosão de barulho foi tão forte que ela teve de tapar as orelhas e ficou observando as pessoas de cenho franzido. Suponho que tenham aplaudido e gritado depois do que eu falei, mas não prestei atenção nisso. Meus ouvidos zumbiam quando voltei ao meu assento, minhas pernas ainda estavam tremendo e não conseguia fazer nada além de repassar cada uma das palavras que acabara de dizer. Agora me pareciam um monte de besteiras pretensiosas, embora acreditasse nelas enquanto as pronunciava. Falei sobre "Vayas donde vayas", a canção de Ale com a qual tinha me levantado naquela manhã. Eu a havia criticado na primeira vez que ele me mostrou a música.

"Onde quer que você vá, sua casa está dentro de você". Parecia-me uma coisa muito fácil de dizer, uma frase que jogava para a torcida. Disse isso a ele. Lembro de lhe perguntar se já tinha encontrado sua casa interior, e lembro do jeito como ficou me olhando. O que eu queria fazê-lo enxergar era uma questão de ética: para dizer algo, primeiro você teria de encarná-lo. Encontrar sua casa interior queria dizer que você nunca mais voltaria a se sentir só, nunca mais voltaria a se sentir desamparado. Pelo menos era isso que eu entendia. Era como ter se iluminado ou ter se realizado, e me parecia que Ale estava longe de chegar a esse ponto.

Esse episódio foi o que me veio à mente enquanto me dirigia ao microfone. Isso e o modo como Ale me escutava ou fingia me escutar sempre que eu criticava suas letras, e como nunca mudava nada. Nós as discutíamos, mas mesmo quando se tratava de um erro gramatical ele preferia deixá-las tal como estavam. E essas duas coisas se juntaram em minha mente naquela tarde. Eu o acusava de cabeça-dura, mas talvez Ale realmente não sentisse nenhuma necessidade de contentar ninguém. Talvez tivesse realmente feito as pazes com a imperfeição, desde que fosse a sua própria. Talvez fosse isso o que significasse encontrar sua casa interior. Talvez o imbecil fosse eu, esperando que minha casa estivesse perfeita para começar a habitá-la, quando o mais provável é que nunca estaria suficientemente pronta. Talvez essa fosse a diferença. Para Ale, a graça estava em não perder a oportunidade de ir vivendo em sua casa enquanto a construía, mesmo que faltasse uma parede ou o teto estivesse cheio de goteiras. E Ale não tinha muita pressa. E tampouco a queria construir com materiais complicados demais. Ia construindo-a com o que tivesse à mão, sabendo que algum dia o vento ia acabar por derrubá-la, como a todo o resto. Tudo isso me ocorreu ali, na capelinha do Parque del Recuerdo, e foi o que disse quando chegou minha vez de falar. Para terminar, desejei-lhe boa viagem, como se realmente confiasse ou soubesse que Ale estava em trânsito em direção a algum lugar.

Só pude realmente começar a escrever sobre Alejandro quando comecei a escrever sobre mim mesmo. Quando finalmente me pus a escrever, em meados de março, tudo o que me saía eram sentimentos ou lembranças que não iam a lugar nenhum. Até que, de repente, me lembrei do que mamãe tinha dito aquela manhã sobre por que justamente Alejandro tinha morrido, com o tanto que gostava da vida, e escrevi dez páginas de uma só vez sobre um sujeito que sentia ciúmes da morte do irmão. O cara considerava que o irmão mais novo, ao morrer antes, tinha lhe roubado um privilégio. De algum modo, havia usurpado seu lugar. Por lei, eram os irmãos mais velhos que tinham de passar primeiro por todas as coisas, incluindo a morte. Agora o irmão mais moço tinha se convertido no irmão mais velho, e não havia maneira de reverter isso.

Essa seria a chave irônica. Irônica, mas nem tanto, porque era totalmente certo: eu iria ser o primeiro a querer morrer. Teria minha oportunidade aos 19 anos. Iria passar uma noite inteira com o revólver de papai e três gramas de cocaína na casa vazia. Como era verão, o resto da família estava em La Paloma. Eu pensava que minha morte seria uma espécie de dádiva para meus pais. Pensava que era justamente disso que eles precisavam para sacudir a modorra existencial: a morte de um filho. Mas serei vencido pela covardia ou pela inteligência. Não darei um tiro em mim mesmo. Vou disparar essa bala que leva meu nome em direção aos céus e, alguns meses depois, quando a loucura voltar a bater, vou me transformar em escritor.

Vou comprar um caderno com o Pateta na capa, no qual vou me encarregar de relatar o que vou fazendo segundo a segundo. Vou escrever à mesa do café da manhã, no ônibus, no banheiro. Vou levar meu caderno para todo lado com medo de que me escape um só pensamento. Metade das coisas que eu anotar não terá acontecido, serão pura invenção, e logo minha vida se confundirá com a história de um garoto da minha idade que mora numa casa como a minha, ensina inglês para pagar pelas drogas e escreve o dia inteiro para ocupar as mãos em algo menos solitário do que se pendurar em uma viga. Está claro que o personagem do livro, que acabará por se chamar *Pogo*, não sou eu. Não acaba nos piores antros do centro nos sábados de manhã selvagem como um touro, nem se fingindo de gringo nos cabarés, nem arranjando travestis na porta do Metrópolis. É filho único e, embora no início tenha a minha cara, com o correr das páginas seu físico inteiro irá mudando, até que de mim restem apenas a altura, as pernas tortas e a ansiedade sexual.

A trama de *Pogo* é simples: o rapaz fica cuidando da mãe doente durante uma semana, enquanto o pai participa de um congresso religioso no Brasil, e nesses sete dias ele a deixa morrer. Corta sua medicação e, logo depois que ela morre, ele a penetra sexualmente. Por mais que a mãe do livro não seja a minha, vou duvidar. Não tenho como saber que o que estou escrevendo virá à luz um dia, mas lembro de pensar que, se minha mãe chegasse a ler aquela cena, ficaria destroçada. O que vai me fazer decidir a seguir adiante é a certeza de que, se deixar algo de fora por temor à reação de minha mãe, vou terminar afundando por completo na impotência. Também vou temer a reação de papai, com o qual vou me imaginar brigando a socos, mas trata-se de escrever ou morrer. Se não posso ser livre em minha escrita, digo a mim mesmo, não poderei ser livre em coisa alguma. Ao escrever, vou descobrindo que posso expulsar meus pais dos territórios que conquistaram impunemente desde minha mais tenra infância. É dessa noção que tiro a energia extra nos momentos em que minha mente fraqueja e minha atenção, totalmente focada nos objetos que me rodeiam e nas angústias de meu corpo, ameaça se diluir, e as palavras começam a perder o sentido no papel. Quando o impulso chegar ao fim, será evidente. Quando colocar o ponto final nesse texto, vou ficar pasmo. Terei em minhas mãos algo que se separou de mim e será como um livro, e eu serei outro.

Eu os culpava por terem sido mórmons, por terem me enchido a cabeça com toda essa merda mórmon desde o dia em que nasci, pura merda repressiva e falsa. Olhando de fora, até onde se podia ver, meus pais não tinham sido abusivos comigo nem com nenhum de meus irmãos. Em todo caso, tinham sido mais atentos aos filhos do que a maioria dos pais de meus amigos, muito mais amorosos. Lembro que por aquela época perdi quase todos os meus amigos. Eles adoravam meus pais. Queriam ter tido pais como os meus. Achavam que meu negativismo era uma pose. Achavam que eu reclamava de barriga cheia e que minha loucura não era sincera, que era uma desculpa. E pode ser que não estivessem longe da verdade. Pode ser que eu tenha me apaixonado pela infelicidade. Pode ser que tenha tido de inventar uma infelicidade para me fazer de interessante, de escritor maldito. Pode ser que estivesse criando e começando a acreditar em minha própria lenda. Pode ser que essa infelicidade tenha sido minha primeira invenção.

Não foi de um dia para o outro. Minha rejeição foi aumentando à medida que comecei a me afastar da igreja, aos dezessete anos, e meus pais começaram a me encher com seus sermões intermináveis. Sermões raivosos, sermões injustos, mas sermões de certo modo justificados, porque sua perda não era uma perda qualquer: era uma perda cósmica. Como cristãos, acreditavam na salvação pessoal. Acreditavam na possibilidade de uma vida eterna para cada indivíduo, mas como mórmons acreditavam também na salvação do grupo familiar. Acreditavam que a família, composta por pai, mãe e filhos, podia ressuscitar e viver junta para sempre, todos convertidos em deuses. Era essa perda que eu estava causando a meus pais com minha renúncia. Tinham tido filhos para que vivessem para sempre. Com eles, todos juntos, para sempre, como deuses.

– Você não quer viver conosco para sempre?

Absurdamente, esse será o mantra com o qual vão procurar me abater em seus sermões, que vão acontecer em meu quarto, que depois de horas de prantos e súplicas ficará infectado pelos fantasmas da traição e do fracasso.

Vão pedir que eu me emende, que volte à igreja, que faça isso por meus irmãos, que, por serem mais novos que eu, podem se inclinar a seguir meu exemplo. Não sabiam o que era ter crescido na igreja. Não sabiam dos efeitos venenosos que isso podia ter. Eles a tinham escolhido quando já eram adultos. E, embora o jovem fosse eu e os que alguma vez haviam sido adolescentes fossem eles, me pediam que tratasse de entendê-los.

– Trate de nos entender – me dirão, e eu, de algum modo, vou obedecer. Vou passar o resto da vida tratando de entendê-los. Vou me dedicar a escrever para tratar de entendê-los.

– Tudo que fizemos foi com as melhores intenções – diziam, quando eu os criticava por todo o lixo que tinham nos enfiado na cabeça. – Por acaso isso não serve para nada?

Calculo que meu suicídio só teria confirmado sua ideia de que eu havia tomado o caminho errado. Se eu me matasse, talvez todos, meus pais e meus irmãos, continuassem, até hoje, atados mais firmemente do que nunca à igreja, com seu fantástico programa. Gosto de acreditar que foi por esse motivo que não estourei os miolos naquela noite, aos 19 anos: porque intuí que só seguindo com minha vida conseguiria arrancar meus irmãos da ruína moral daquela fábrica de monstros. Vou tomar para mim essa responsabilidade depois de ter descoberto que o caminho da perdição é, no mínimo, muito mais real do que o outro.

E em poucos anos, de fato, quando já tiver me transformado em escritor publicado, já não haverá nenhum mórmon em casa. Mariela vai engravidar sem ter se casado, aos 23 anos, aos 16 Ale vai começar a sair com Agustina e será o último a ouvir algum sermão com matizes religiosos, mais tênues do que os que eu tive de escutar, porque a fé dos meus pais já está a ponto de se apagar. Perderam dois filhos de forma irrecuperável (com 13 anos, Marcos ainda é muito pequeno para se perder ou para se encontrar), e antes de viver por toda a eternidade como deuses no céu mórmon – deuses com uma dor permanente e atroz –, vão deixar a igreja. Vão preferir saltar do barco atrás de sua prole e vão começar a viver na intempérie, com um horizonte abismal que não para de se aproximar.

Mamãe vai ameaçar voltar à igreja, embora admita que perdeu a capacidade de crer. Voltaria por causa das amizades, pelo sentimento de comunidade e porque, na igreja, crendo ou não, de qualquer maneira se pode fazer obra humanitária. Felizmente, seu coração ou a vozinha de sua consciência não vão lhe permitir enganar-se pela segunda vez; já não tem a ingenuidade de seus 23 anos, quando, junto com meu pai, concordaram com que lhes lavassem o cérebro. Como era o momento da decisão? Como era o instante em que você decidia se render e sacrificava sua inteligência e aceitava um manual de regras como um substituto de sua vida interior? A vida interior, se era vida, era imprevisível, não parava de se movimentar. Eu podia entender a vontade de que tudo isso ficasse quieto nem que fosse por um segundo, mas daí a querer secá-lo por completo havia um pulo que minha mente não era capaz de dar, e, quando pensar em meus pais sucumbindo a isso tão jovenzinhos, serei inundado pela raiva e pela pena – uma pena que conduzia indefectivelmente à raiva –, porque com a melhor das intenções acabarão nos inoculando todo o seu temor e toda a sua demência. Porque cada coisa que eu escreva, no início, será um documento da loucura de meus pais e um documento de minha infelicidade. E porque meu talento como escritor e minha infelicidade, dos quais tanto vou me orgulhar, terão sido abonados e refinados por essa loucura, de que afinal de contas tanto vou necessitar e da qual finalmente, tristemente, também vou padecer.

Mais ou menos desde a época em que Mariela terminou o liceu, tinham adotado o estranho hábito de falar conosco, constantemente, sobre seus próprios pais. Pareciam crianças quando falavam deles. Não conseguiam falar dos pais sem se desfazer em elogios. Colocavam-nos como exemplos de abnegação. Eu tinha certeza de que meus avós tinham enfatizado até o cansaço a dívida impagável que haviam contraído com eles, porque quando meus pais começavam a enumerar os esforços que estavam fazendo para nos criar, era evidente que, além de repetir frases textuais que tinham ouvido da boca de meus avós, falavam com os mesmos acentos, a mesma entonação, a mesma fúria. Também para eles, foi ali que tudo se originou. Quando é que a corrente iria se interromper?

Durante o dia, quando estão em casa, não faço outra coisa além de me encerrar em meu quarto para escrever, especialmente nos fins de semana. Aos sábados, depois de me recuperar do bacanal da noite anterior, vou ficar na cama o dia inteiro – às vezes vou me instalar no telhado para poder escrever meu segundo livro fumando tranquilamente – e não vou aparecer até a segunda de manhã, já para ir trabalhar. Não ficarão preocupados com o fato de eu me encerrar em meu quarto. Toda vez que abrirem a porta vão me ver escrevendo. Vão me perguntar o que estou escrevendo e vou dizer que são contos, romances; não saberão que estou plantando bombas de tempo em nossa família-modelo. Não saberão que, ao escrever aquela cena de incesto necrófilo sem me importar com as repercussões, terei me inaugurado como escritor e já não haverá limites para o que possa vir a escrever.

Minha estratégia não vai funcionar. No início vai parecer que sim. *Pogo* e *Derretimiento* serão publicados quase simultaneamente, com um mês de diferença, e numa das raras noites em que estiver vendo tevê na sala em vez de estar escrevendo em meu quarto, quem emergirá do corredor senão mamãe, de camisola, quase rastejando, os cabelos presos num aro, com meus livros na mão.

A primeira coisa que me pergunta é que mal ela e papai fizeram para que eu tenha dentro de mim algo tão monstruoso. E vou ficar entre perplexo e triunfante, tratando de calibrar o tamanho da ferida que começa a supurar por sua boca, deslumbrado por sua própria aparência monstruosa à luz da tevê, tudo potencializado pela estranha ausência de meu pai, que vai continuar no quarto, a poucos metros dali, sem fazer um só ruído. Terá ficado no quarto escutando tudo porque teme que, de outro modo, realmente se desate um confronto físico entre nós? Será que me compreende? Minha resposta, nessa noite, será simples. Melhor fora do que dentro, direi a mamãe.

Você deveria se sentir feliz por eu ter tido a capacidade de colocar tudo isso no papel, é só por isso que estou vivo.

– Como você pode nos tratar assim em seus livros? – vai me perguntar, ameaçando sentar-se na outra ponta do sofá, logo decidindo continuar de pé. – Por que faz isso comigo? Como pode fazer isso com sua mãe? Você me pinta como uma pessoa doente. E depois praticamente a mata, e depois... É horrível. Juro que não consigo entender.

Vou esclarecer que os personagens não são pessoas, que não se pode ser psicótico e confundir a fantasia com a realidade.

– Você está me chamando de psicótica? Está nos chamando de psicóticos? – dirá, levantando a voz, voltando os olhos para o corredor, que se mantém em silêncio. – Por que escrever algo assim? Se você tem talento para escrever, se tem um dom, por que não usá-lo para escrever algo edificante, algo que enalteça as pessoas? Você se dá conta do que escreveu?

Vou tentar lhe explicar que tudo ali são metáforas. O filho do livro deixa a mãe morrer para que deixe de estar doente e não sofra mais, e depois tem relações com ela para fazê-la reviver, para ter uma nova mãe. O sexo é um símbolo de vida. É arte, não se pode confundir.

Ela vai se retirar deixando meus livros no sofá, murmurando que não são arte. Isso não é arte, isso não é arte, dirá. A tensão reinante nesses dias vai se transformar por completo quando começarem a chegar, em massa, as resenhas em página dupla, as capas dos suplementos culturais, as entrevistas na tevê e no rádio, a publicação no exterior. De um segundo para o outro, como que por magia, deixarei de ser motivo de vergonha para ser motivo de orgulho. Deixarei de ser seu-filho-o-monstro para ser seu-filho-o-escritor, e o poder do veneno que meus livros continham ficará reduzido praticamente a zero.

Todas essas coisas, que eu acreditava estarem sepultadas há tempos, voltaram com uma força inesperada nos dias que se seguiram à morte de Alejandro. Não lembro o que me levou a lhes comunicar que tinha começado a escrever sobre Ale. O que lembro é que estávamos na cozinha da casa deles, onde ocorre a maioria de nossas conversas.

Meu pai achou que tudo bem. Era bom que eu fizesse uma catarse, se estava precisando disso.

– A arte surge da dor, não é, Dani? – disse, esboçando um argumento do qual eu o havia convencido depois de meus primeiros livros, quando comecei a ser considerado um artista. De fato, eu havia convencido a mim mesmo disso; era um dos argumentos que mais tinham me fascinado enquanto me preparava para minhas primeiras entrevistas lendo entrevistas com escritores no *El País Cultural*, na revista *V de Vian* e em alguns números de *The Paris Review* que encontrava nas livrarias de Tristán Narvaja. Eram muitos, senão a maioria, os que diziam que criavam a partir da dor, a partir de alguma perda. Ricardo sempre dizia isso. Ricardo falava da arte jorrando de uma ferida. A perda sempre trazia uma revelação; eu nunca tinha conseguido esquecer esse conceito.

– Não gosto que você escreva sobre nós – disse mamãe.

Respondi que não se preocupasse. Naquilo que estava escrevendo, quase ninguém dizia o que havia dito nem fazia o que havia feito. E mais, todos estavam com os nomes mudados. E, em vez de cinco irmãos, como na realidade, no livro éramos quatro. Eu tive de dividir Pablo, o filho do meio, entre todos os outros.

Além disso, não é que estivesse escrevendo sobre eles – sobre eles teria de escrever um outro livro, brinquei. Era sobre Ale e sobre a morte, embora tampouco fosse sobre Ale. Não era uma biografia. Não podia escrever um livro tratando de mostrar como Alejandro tinha sido. Tinha sido o bebê mais lindo que minha mãe já havia visto, isso eu podia dizer, por exemplo. Esse detalhe teria de constar: era o começo de sua lenda, assim como o da minha era que tinha sido o mais cabeção, tão cabeção que quase não saía, enquanto Mariela tinha sido uma bola de cabelos negros e Marcos havia nascido com os olhos abertos. Ale tinha sido também o primeiro irmão a fazer com que eu me sentisse grande: eu lembrava de uma foto que ainda devia estar em algum álbum. Lembrava do momento em que tinham tirado essa foto nossa, eu no sofá com Ale no colo. Não devia ter mais de um mês e estava deitado em meu colo, a cabeça apoiada na curva do meu cotovelo, que eu levantava um pouco para que lhe servisse de travesseiro. Lembrava-me de como tinha me sentido grande naquele momento, da seriedade que sentia. Ale era isso; eu podia contar isso, mas Ale não era apenas isso.

– Então o que vai ser o livro? – mamãe quis saber, antes que eu continuasse a dizer mais coisas vagas.

Como não tinha uma resposta, disse-lhe que não era raro que a família de um escritor aparecesse, mais ou menos disfarçada, em seus textos. Os escritores que não escreviam sobre sua família, especialmente sobre os pais, eram geralmente maus escritores, disse. Não tinham por que escrever diretamente sobre seus pais, mas suas figuras tinham de sobrevoar sua literatura de algum modo. Quando isso acontecia, era um bom sinal. Os pais, os avós, quem quer que os tivesse criado. Em Borges apareciam o tempo todo. Quando apareciam em Hemingway, isso te emocionava, como quando apareciam em Carver. Quando sua sombra aparecia em Kafka, isso te aterrorizava. Mas talvez tivesse de esperar que os pais morressem para poder realmente escrever sobre eles, eu não tinha certeza. A morte dos pais parecia ter um efeito especial sobre os filhos, especialmente sobre os filhos escritores.

Como vinha ao caso, falei a eles do que havia acontecido com uma amiga escritora. Minha amiga tinha uma relação estranha com os pais, que já eram velhos e estavam doentes. Era solteira, tinha passado da idade de ter filhos e morava com eles no apartamento em que havia crescido. Na última etapa, tinha funcionado como enfermeira deles. As doenças dos pais eram diferentes, e ela teve de desmontar a cama de casal e colocar duas camas individuais para poder atendê-los corretamente. Por aquela época, publicou um romance, um bom romance, um romance interessante, engenhoso, mortalmente entediante. Mas o capítulo central era uma obra-prima. Era um pesadelo que a protagonista tinha. A escrita dava um salto quântico. Ganhava uma intensidade e uma sensação de risco que pertenciam a outro livro. Perguntei a ela de onde havia saído esse texto e por que não escrevia mais coisas daquele tipo, e ela respondeu que os pais liam tudo o que ela publicava e que ela não queria feri-los. E era isso mesmo, no pesadelo aparecia uma menina, apareciam muitas serpentes e apareciam umas figuras paternas indistintas. Esse pesadelo que havia escrito tinha a ver com os pais, e foi o momento em que sua escrita tinha alçado um verdadeiro voo. Na minha opinião, era um sinal claro de que tinha de seguir por ali, mas ela não achava bom escrever sobre os pais. Dizia que a maioria dos escritores autobiográficos escreviam para se vingar de seus entes queridos, especialmente dos pais. Acreditava que o mais digno e corajoso era solucionar os problemas falando com eles pessoalmente. Embora não o confessasse, tinha de ter sentido vertigem quando escreveu aquele pesadelo. Tinha de saber que em algum momento teria de escrever sobre essas coisas e que nisso estaria a salvação de sua escrita. Eu a imaginava cuidando do papai e da mamãe, dando-lhes os remédios, limpando-os, desejando por dentro que morressem de uma vez, para que ela finalmente pudesse se dedicar ao seu trabalho. Mas a morte dos pais tampouco era garantia de nada. Os pais de minha amiga finalmente tinham morrido, com alguns meses de diferença, e ela, em lugar de experimentar uma libertação na hora de escrever a respeito disso, havia sofrido o efeito contrário. Continuava se negando a escrever sobre o papai e a mamãe, agora mais do que nunca. Agora que estavam mortos e não podiam se defender, teria lhe parecido a maior imoralidade; uma questão de dignidade, de respeito.

Quando estava com 23 anos, *Derretimiento* foi publicado na Espanha e, em seguida, houve tratativas para traduzi-lo ao francês, que nunca dariam resultado. Era um sucesso modestíssimo, mas bastou para que minha situação mudasse por completo. Além de fazer resenhas de livros de ficção para *Insomnia*, o suplemento cultural da revista *Posdata*, vou arranjar um trabalho de barman quatro noites por semana no café El Ciudadano e vou poder reduzir ao mínimo a quantidade de aulas no Anglo. Vou me sentir um prodígio: vou querer expressar algo disso em minha escrita. Vou querer escrever algo luminoso e vou fracassar estrepitosamente, entrando num estado de nervos que vai me deixar várias noites sem dormir. Certa tarde, enquanto fumo um cigarro no telhado, vai me cair a ficha de que tudo o que escrevi até agora foi escrito ali, na casa da minha infância. Então vou decidir que só conseguirei deixar para trás de forma definitiva essa obscuridade quando abandonar a aura dos meus pais, e em menos de duas semanas terei alugado um apartamento em Ciudad Vieja.

Será um apartamento barulhento, sem janela para a rua, mas será *meu* lugar, serão *minhas* regras, e mal instale o computador vou começar a escrever *Noviembre*, meu terceiro romance, que abre com uma imagem que me assolava há algum tempo: um homem e uma mulher no jardim de uma casa de praia, nos instantes anteriores à saída do sol.

Logo vou descobrir que se trata de uma lembrança que o homem da relação, Guzmán, repassava sentado numa mesa de bar numa sexta à noite. Guzmán estava separado da mulher e custando a suportar a separação, e no meio disso havia uma filha: Maite. No dia seguinte, um sábado, Guzmán passaria na casa da mãe da menina para buscá-la. As primeiras dez ou doze páginas tratavam de relatar essas horas de sábado que pai e filha passavam juntos. Fazia sol, iam à praia, ele fazia um churrasco, dormiam a sesta, brincavam. Depois, ao chegar a noite, deitavam-se para dormir na cama dele.

O livro terá um tom melancólico, mas levarei fé no material. Um casal jovem lutando para sobreviver em tempos difíceis. Vai ser uma história de amor. Amor perdido, amor recuperado. Amor romântico, amor filial. Vai haver dor, vai haver conflito, mas não vai cair nessa coisa uniformemente escura e pessimista habitual em mim. O fato de que o livro esteja saindo em terceira pessoa irá me encorajar, é algo que nunca fiz antes, e vou tomar isso como uma confirmação de que estou amadurecendo.

Inesperadamente, Maite morre. O pai acorda no domingo de manhã e a encontra morta ao seu lado. Não vou escrever essa cena. Vou me negar a escrevê-la e vou passar um tempo longe do romance, batalhando com a depressão que me provoca o fato de ver que minha mente se dirige para o mesmo lado tortuoso de sempre. Vou pensar: se quero explorar novos terrenos, vou ter de aguentar e não ceder ao primeiro impulso. Vou me distanciar do romance com a esperança de que, em minha ausência, a história tome outros rumos, mas toda vez que voltar à minha escrivaninha vou ver que a menina morta continua ali.

Nem bem me mudo, me ponho a escrever e começo a sair com Sandra. Não haverá sentimentos entre nós. É a primeira cliente do bar com quem irei para a cama, será minha primeira mulher casada, mãe e mais velha do que eu (29). Eu era sua primeira infidelidade e seu nervosismo sempre superava sua excitação e alimentava a minha. Eu estava há mais de um mês trancado com *Noviembre* quando Sandra perde seu filhinho Miguel (4) num acidente de carro. Há um supermercado Disco a três quadras de sua casa e sempre vão caminhando, mas, dessa vez, a pedido do menino, o pai o leva de carro enquanto Sandra fica preparando uns biscoitos para comer junto com o leite. É o menino quem pede ao pai para viajar no assento do acompanhante, e o pai, contra o costume, contra seus instintos e contra o acordo que tem com Sandra, concorda. Um caminhão de carga, andando a mais de oitenta quilômetros por hora, passa por cima deles na esquina da Libertad com a Soca. Miguelito sai voando pelo para-brisa e morre no ato. Vou ficar sabendo de alguns detalhes no necrotério, pela boca de Sandra, umas poucas horas depois.

Quando ela me liga, estou falando com alguns alunos no pátio do Anglo. Não serão nem cinco horas e só terei uma aula para dar. Em geral fico desesperado para voltar para casa cedo, mas, com o texto interrompido, vou preferir me cansar caminhando sem rumo, me enfiar num cinema, tomar algo em algum lugar, e só voltar quando a solução do texto tiver se revelado ou, no pior dos casos, quando tiver deixado de me importar com isso. Vou analisar minhas opções para o resto da tarde ao receber a ligação de Sandra.

Afora o impacto que a notícia me causará, vou estranhar que ligue para mim por conta de algo assim. Sua voz soa lenta quando me pergunta se posso acompanhá-la.

Por que estava ligando para mim? Você não tem amigos?, eu lhe perguntava ao telefone. Não tem família?, perguntei.

Quando chego ao necrotério me descubro empapado em suor frio. Não recordo como cheguei lá. Não me lembro de um só semáforo. Dirigi por mais de dez quilômetros e a única coisa de que consigo me lembrar é o estribilho de uma *cumbia* que se repete incessantemente durante todo o trajeto.

> *Você não devia ter brincado com meu tolo coração*
> *O que você fez com meu amor, algum dia vai pagar.*
> *Quem você acha que é, uma deusa?*
> *Flor adorável, algum dia você vai murchar.*

Minha primeira impressão, talvez por causa do corredor inóspito, será a de que Sandra se reduziu à metade de seu tamanho. Estão ali somente ela e uma mulher que a segura pela mão. A mulher vai me olhar de cima a baixo enquanto Sandra caminha em minha direção e me conta sobre o acidente, apontando com um movimento vago para uma porta no final do corredor, onde imagino que se encontre o corpo de seu filho. Depois, com voz mais baixa, para que somente eu possa escutá-la, e me olhando de frente para tratar de ler minhas reações, vai me dizer que sempre soube que perderia Miguelito.

– Sei disso desde que ele nasceu. Não me pergunte como, não pense que estou mal da cabeça – dirá –, mas tinha de contar isso a alguém. Ninguém mais pode saber disso e ninguém nunca mais vai saber. Você sabe a tortura que é passar quatro anos sabendo que seu filho vai morrer?

Sabe o que é viver com esse terror todos os dias? Você acredita no que estou te dizendo? Mas agora está feito. Agora não preciso mais sentir medo.

Lembro de um clamor e, em seguida, de estar rodeado por um grupo de pessoas das quais tento escapar. Vou encontrar uma porta um pouco afastada que dá para um pátio interno e por algum tempo vou fumar, com um pé dentro e outro fora, me sentindo translúcido, olhando para as janelas do outro lado do pátio e analisando um segmento da parede à minha frente, que está com alguns azulejos a ponto de se desprenderem e que alguém tentou colar com fita adesiva. Estarei quase indo embora quando aparece o pai de Miguelito de braços com uma velha quase tão alta quanto ele. Quando o homem vê Sandra, desfalece. É preciso ajudá-lo a se sentar num banco. Sandra se ajoelha à sua frente e trata de mantê-lo alerta levantando-lhe o queixo e dizendo-lhe coisas, mas o sujeito vai tapar os ouvidos e fechar os olhos, apertando as pálpebras ao máximo.

Enquanto o sujeito sacode a cabeça e o ranho começa a escorrer de tanto chorar, sei de duas coisas: que não voltarei a falar com Sandra e que, assim que chegar em casa, vou começar a escrever. Antes, ao pisar a calçada, quase bato de frente com um telefone público. Uma mulher de chapéu, que fumava ali fora, me troca uma nota de vinte por moedas e ligo para a casa dos meus pais. Quando mamãe atendeu, sua voz me fez chorar. Ela me perguntava o que estava acontecendo, e eu lhe dizia que somente precisava ouvir sua voz. Disse a ela que o filhinho de uma amiga tinha morrido num acidente. Não me pediu muitos detalhes. Dizia:

– Que coisa terrível. – Mas isso não me deprimia. Me fazia bem sentir que ela tinha ficado triste e que ao mesmo tempo estava feliz por eu ter ligado para ela. Me deixou ouvi-la por um bom tempo. Eu percebia apenas o som de sua voz e não lembro que outras coisas me disse, salvo que me tranquilizasse e que servisse de apoio para minha amiga. Mas o que fiz foi dirigir até minha casa sem pressa, sentindo como o romance ia se resolvendo em minha cabeça.

Será a imagem do pai de Miguel que me dará a chave sobre como continuar o livro, esse homem adulto querendo apagar o mundo. Vai acontecer o mesmo com Guzmán, o pai do meu romance. Não vai poder – não vai querer – olhar para a filha morta e, portanto, não terei por que descrevê-la. Quando o sujeito acordar e perceber que a filha não respira, será incapaz de olhar para ela e tudo começará a suceder como que ao redor dela e de seu corpo, desaparecido sem o olhar do pai. Minha única função será a de seguir esse pai, focar em sua mente em derrocada e deixar que a minha reticência em olhar para esse cadáver seja a sua.

Enquanto estiver escrevendo o livro, vou me sentir sujo, como se Sandra tivesse me deixado uma imundície no corpo, uma imundície da qual meu romance irá se alimentando. Não vou senti-la longe. De fato, ao aproveitar sua desgraça para escrever, vou senti-la tão próxima que me verei forçado a me refugiar nas zonas mais impiedosas de minha alma. Escrevia, outra vez, como Ricardo costumava dizer, a partir de uma dureza de coração, a partir do frio. Além disso, vou acabar mergulhando num poço de superstição, pensando que há uma estranha conexão entre a morte de seu filho e a morte da menina do romance, me perguntando o que teria acontecido se, em vez de me demorar, houvesse decidido matar a menina do romance em tempo e forma. Às vezes ficava absolutamente convencido de que, se a tivesse matado a tempo, o filho de Sandra não precisaria ter morrido. E havia o fato de que Guzmán, o pai no romance, também tinha deixado que a menina ocupasse o assento dianteiro do carro quando foi buscá-la na casa da mãe. A menina do romance não morria num acidente, mas morria junto do pai e era vítima de sua negligência.

Vou sentir um vago remorso ao não atender suas ligações, que não serão mais de duas ou três. Vou andar paranoico por um tempo, mas Sandra, felizmente, não sei se por decoro ou o quê, não voltará a aparecer nem em minha casa nem no El Ciudadano. Haverá ocasiões, no entanto, em que vou querer vê-la, com uma curiosidade mórbida por saber como tudo continua e para enrabá-la até arrebentar. Seus olhos e sua voz no necrotério vão me perseguir. Como pode ser que não houvesse o menor sinal de horror em seu olhar?, vou me perguntar. Como pode ser que soasse aliviada e em seu juízo perfeito? Haverá alguma honestidade, terrível, mas honestidade ao fim e ao cabo, em admitir que seu medo era uma esperança? Em algum momento, direi a mim mesmo, Sandra será atingida pelo negror de tudo aquilo. Cedo ou tarde esse negror irá devorá-la. Ou talvez não, talvez possa viver o resto da vida aliviada, confirmada em seu pressentimento e em paz. Em todo caso, não estarei por perto quando alguma dessas coisas acontecer.

Da confusão que vai me inquietar durante esse período irá se destilando uma teoria que volta inteira, de repente, treze anos depois, na manhã de 9 de fevereiro, ao ver mamãe e papai receberem a notícia da morte de Alejandro, na edícula. Sentem-se perturbados por sentirem que aquela cena lhes parece estranhamente familiar e pela noção, ainda muda, de que a vinham ensaiando a vida toda. Sabem exatamente o que dizer.

É o pior que poderia lhes ter acontecido.

É o que mamãe diz, levando as mãos ao rosto, como se uma máscara antes quieta ganhasse vida agora, ao começar a função, e começasse a asfixiá-la. A seu modo, papai o expressa umas horas mais tarde, logo depois de ter voltado de Playa Grande, quando diz que a culpa é sua, que Ale estava vivendo a vida que ele havia abandonado. No dia seguinte, findo o velório, de novo em sua casa, com a tarde caindo, papai dá mostras de que está percebendo cada vez mais nitidamente sua própria mão na trama onírica daquele instante.

– Eu ligava para ele o tempo todo por causa dessa coisa das tempestades – diz meu pai. – Estava preocupado. Sabia que o sacana às vezes ia para a guarita. Ele me dizia para ficar tranquilo, que sempre que podia ia para a casa do Canário ou do Anão. Mas eu andava pensando muito nisso por aqueles dias, mais do que o normal, estava angustiado. Dizia para ele, não seja estúpido, não vá para a guarita. Vocês acham que eu posso tê-lo impelido a ir para a guarita dizendo a ele para não ir?

– Ai, Miguel – diz mamãe. – Alejandro não era nenhum gurizinho, desses que você diz para não tocar na tomada e ele vai lá e toca...

– É estranho que eu tenha sentido tanto medo naqueles dias – diz papai.

Mas eles sempre tiveram medo de que algo nos acontecesse. Estamos na mesma sala em que, aos 19 anos, quase dezenove anos atrás, vou brincar com a ideia de minha autoeliminação. Mamãe está sentada na cadeira de balanço de papai, voltada, em vez de para a tevê, como de costume, na direção do meu pai, que está parado junto à estufa. A partir de certo momento, em meio à minha adolescência, a chaminé vai começar a entupir e a soltar fumaça e o fogo a lenha será substituído por um aparelho a gás cujo exterior de cerâmica imita o formato de uns troncos. Em seguida, com a chegada do ar-condicionado, a estufa vai se ver relegada a uma função puramente decorativa. Em cima dela, hoje, estão uma antiga panela de ferro e uma caixa de madeira azul onde mamãe guarda os brinquedos que compra para que meus meninos brinquem quando estamos de visita.

Da poltrona onde estou, pergunto a papai do que ele mais tem medo. Ele responde que é disso, de que algo nos aconteça.

E antes?, digo. Antes de serem casados e terem filhos? Porque nem sempre foram marido e mulher e nem sempre foram pais de alguém. Do que é que tinham medo antes? De morrer?

– Não sei se tinha medo de morrer – diz ele. – Talvez sim, mas acho que tinha mais medo de sofrer. Mais do que qualquer outra coisa, medo de sofrer, ou de ficar sozinho.

– Medo da dor, mas da morte também – diz mamãe. – Todo mundo tem medo da morte.

– Da morte, nem tanto – diz papai. – Mas sim de morrer sem ter vivido, sem ter encontrado a verdade.

Todos os medos estavam se concretizando. Disse isso pensando em Sandra. Vê-la como o arquiteto da morte de seu filhinho vai me parecer uma ideia rebuscada, uma deturpação mórbida, mas, na lógica da noite, que é quando vou escrever durante meu período em Ciudad Vieja, não terei dúvida alguma de que o mundo sempre confabulará com nossa parte secreta, dispondo os materiais brutos para a representação de nossos pesadelos mais particulares.

– Então o que é preciso fazer? – diz papai olhando ao redor, como se procurasse um buraco por onde pudesse fugir do sonho para o qual despertou.

Como é que eu ia saber? Deixar de ter medo? Podia-se deixar de ter medo?

– É possível? – disse meu pai, em apoio. – É possível deixar de ter medo?

– Você sempre vai ter medo – diz mamãe. – Se você ama a vida, não vai querer morrer. Só morrendo para não ter mais medo. Aí você já não tem medo, já não tem nada. Não sente medo nem amor nem nada. Eu prefiro estar morta a viver sem sentir nada.

Pensando assim, tudo era uma tragédia, eu disse.

– E é. É uma tragédia. O pior que pode acontecer a qualquer pessoa é a morte de um filho – diz ela. – Perder um filho é o pior que pode te acontecer e por isso você sente medo. Você não tem medo de morrer? Não tem medo de que aconteça algo com seus filhos?

Eu morria de medo por Paco e não sabia o que fazer. Só sabia que não queria mais ter esse medo, porque era horrendo. Paco ficava gripado, a garganta lhe doía, fosse o que fosse, e eu ficava louco. Ficava irritado. Ficava irritado com ele. O que eu conseguia com isso? Nada, somente fazê-lo ficar pior do que já estava. Agora o pobre do menino estava ficando hipocondríaco. À menor dor que sentisse, vinha e me avisava. E tinha um modo estranho de descrever suas dores. Em vez de dizer que estava com dor de cabeça, dizia que estava com dor na testa, e me fazia imaginar tumores, aneurismas.

– Mas por que Paco? – mamãe me perguntou.

Não importava por que Paco. A única coisa que eu queria era não sentir medo. Se já sabemos que vamos morrer, disse. Se já sabemos que ninguém se salva. De qualquer maneira todos vão morrer, por mais que você não vá estar aí para ver, mas por que antes têm de morrer mil vezes em minha cabeça? Não aguento mais. Quero que parem de morrer em minha cabeça. Terá sido assim desde sempre? Há quanto tempo os filhos morrem suas primeiras mil mortes na cabeça dos pais?

– Isso é natural. Quanto mais você ama alguém, mais medo terá de perdê-lo. Todos os pais do mundo têm medo de que seus filhos morram. O amor dos pais pelos filhos é o maior amor que pode haver.

Como sabia que todos os pais eram assim? Tinha falado com todos? Talvez houvesse algum que não.

– Há muitos, Dani. Mais do que deveria, lamentavelmente. Quantos pais e mães existem que não se importam com os filhos e os abandonam, os maltratam, abusam deles, os negligenciam?

Não era o que eu estava dizendo. O que eu estava dizendo era que devia haver algum pai no mundo que não tinha medo de que os filhos fossem morrer e nem por isso deixava de gostar deles. Eu gostaria de ter sido esse pai.

– Você quer ser especial – diz mamãe.

Mas o pior, na verdade, não era quando o medo se concretizava? Não era isso o pior? Quando você tinha tido medo de algo todos os dias de sua vida e de repente aquilo se concretizava? Você começava a pensar que talvez tivesse algo a ver com aquilo. Suspeitava que talvez todo aquele medo concentrado tivesse feito com que aquilo acontecesse. A suspeita, isso era o pior.

— Era a isso que eu me referia — diz papai. — Era isso que eu estava me perguntando. Se não tivemos... Se não tive algo a ver com a morte de Ale... Não sei se são coisas em que se pode pensar. São difíceis. Ninguém sabe como é.

É aí que mamãe explode. Não consegue acreditar no que está ouvindo.

— Se fosse por nós, Ale ainda estaria vivo! — diz. — Se pudéssemos, nós o teríamos tirado daquela guarita infame! Se Deus o permitisse, seria eu quem estaria morta agora, não ele...!

Em seguida me acusa de ser como uma criancinha que joga a culpa de tudo em cima dos pais.

Uma criancinha não, digo, um adolescente. Mas aqui somos todos como criancinhas, digo depois. Ninguém sabe nada de nada, digo. Não sabemos nada sobre a morte, e por isso não sabemos nem a metade sobre a vida. A única coisa que eu estava dizendo era que o melhor seria tirar esses medos da cabeça.

— Mas como se faz isso? — pergunta papai.

Falar já é alguma coisa, digo eu. Falar já é um começo.

— Falar, tem de falar — concorda papai. — Mas é difícil falar.

— Falando não se resolve nada — diz mamãe.

— Mas como é que não vamos falar, Sol? — diz ele. — Solzinha, temos de conseguir falar...

— Falando é como a gente acaba ferindo as pessoas — diz ela.

Então papai pergunta se pode nos contar o sonho que teve. Ele o diz timidamente, os olhos cobertos por uma lâmina brilhante de umidade.

— Quero contar para vocês. Não posso mais guardá-lo só para mim.

— O que você vai dizer, Miguel?

— Tive um sonho na noite em que Ale morreu. Foi tão forte que me despertou. Já havia luz lá fora.

— Você nunca me contou – diz mamãe.

No sonho, papai está na cozinha da minha casa, em Parque del Plata, olhando em direção à sala de estar, na qual arde uma cabana de madeira. Papai não consegue se mexer ao longo de todo o tempo do sonho, nem pode fazer nada para apagar o fogo, nem para dar o alerta. É um fogo intenso, vermelho e alaranjado, que arde sozinho. As chamas não atingem nem as cortinas nem os móveis, mas para ele é angustiante. Então eu apareço: venho de meu quarto caminhando, como quem se levantou no meio da noite para tomar um copo d'água, e paro subitamente quando vejo as chamas.

— Você parava ao encontrar o fogo – diz papai. – Depois se dava conta de que eu também estava ali, me olhava e aí o sonho terminava.

Mamãe bufa e se levanta da cadeira de balanço, dizendo que vai para o quarto. Papai tenta detê-la. Diz a ela:

— Não vá, Sol. Não me faça sentir mal por causa de um sonho.

Mas ela não quer mais conversar.

— Tenha todos os sonhos que quiser – diz a ele. – Quero ficar sozinha.

Logo depois de mamãe se encerrar no quarto, a decepção de papai não demora a se diluir, em parte graças à chegada de Mariela, que vem da edícula, onde estava com Marcos.

— Vem cá que estamos conversando – lhe diz papai.

Mariela se serve de um copo d'água e, enquanto bebe, escuta o sonho que o pai teve.

– Dá para acreditar? – diz papai, depois. – O que uma cabana de madeira estava fazendo dentro da casa do Dani? Uma cabana em chamas, não lhes parece estranho?

Mariela está com as mãos na cintura, negando com a cabeça, que balança para a frente, e diz:

– Você soube que ele estava morrendo.

– Será isso? – diz papai. – Mas Ale não fazia parte do sonho.

– Havia um filho seu. Dani estava ali, é a mesma coisa – diz Marie. – Nos sonhos as coisas não são o que são.

– Será? Será que soube que Ale estava morrendo? Terá sido um sonho premonitório?

Mas talvez papai tenha sonhado comigo porque no fundo da sua mente esperava que quem morresse fosse eu. Digo isso em voz alta.

– Como ia esperar isso, Dani?

Em quem teria apostado se tivessem lhe dito que um de seus filhos iria morrer? Teria apostado em mim ou não?

– Pode ser.

Eu acho que, no fundo das mentes de todos nós, o primeiro a morrer seria eu, digo. Ou mamãe, digo, por causa de sua saúde.

– É difícil dizer.

A casa de Parque del Plata foi a última em que Ale morou, naqueles meses que passou comigo depois de sair do apartamento de Lucía. Não ia voltar para Parque depois da temporada em Rocha, já tínhamos conversado sobre isso. Não cabíamos os dois naquela casa. Ale era muito grande. Ocupava muito espaço. Eu voltava do trabalho e o cara estava todo esparramado pela sala: os instrumentos, as partituras, os amplificadores, os cadernos. Ele me disse e repetiu que não se sentia mandado embora quando eu lhe disse que não dava para ele voltar para Parque depois do verão. Não tinha uns dez mil dólares guardados? Depois da temporada ia ter mais quatro mil. Que os usasse. Por que não os usava para alugar algo? Se achava que alugar era jogar dinheiro fora, por que não comprava de uma vez aquele famoso terreno em Maldonado? Anos olhando terrenos. Me parecia que eu estava lhe fazendo um bem ao dizer que procurasse um lugar próprio. Agora, na noite depois de seu velório, me vem este pensamento: será que deixou de se importar com a vida quando se viu sem uma casa para onde voltar? Será que caiu numa depressão?

– Podia voltar para cá – diz papai, depois de ouvir minhas conjecturas.

Ale não ia voltar para a edícula, menos ainda com Maca e Marcos instalados ali.

– Podia ter ficado conosco na casa, ocupando qualquer um dos quartos. Esta casa é dele. Esta sempre vai ser a casa de todos vocês. E não se sentiu mandado embora. Ele entendia que não podia ficar lá em Parque por muito tempo. É a casa dos seus filhos. Ele respeitava isso. Ale dizia que você era o melhor pai do mundo, como tratava os seus guris, como brinca com eles.

Dizia isso, o sacana?

– Dizia sim, Ale me falou – diz papai –, quero que você saiba. Não estava chateado com você. Estava entusiasmadíssimo com a sua liberdade.

Oxalá. Pelo meu próprio bem, oxalá.

– O que aconteceu foi que você sentiu isso enquanto dormia e sua mente o transformou em um sonho e o manifestou assim, do jeito que pôde – diz Mariela.

Papai, do nada, começa a chorar. Não corta as lágrimas com os olhos. Dá um soluço estranho, como se se afogasse, e em seguida não faz mais ruído nem demonstra qualquer interesse em evitar que as lágrimas caiam. Diz que é um milagre. Encharca os lábios com as lágrimas enquanto leva uma mão ao nariz, que também se encheu de água.

– É um milagre – repete –, e ao mesmo tempo é o mais natural. O sonho, o que aconteceu hoje no velório. Ter essas percepções é o mais natural. É um milagre. O que eu tive foi um sonho. Foi psicológico, um sinal bioquímico, o inconsciente, chamem da merda que quiserem, mas é um milagre.

– É preciso tentar não conferir tanto misticismo à coisa toda – diz Mariela, a voz subitamente rouca. – É preciso ficar tranquilo e não tentar encontrar um aspecto místico nisso tudo...

– É um milagre que uma conexão possa ser tão profunda – diz meu pai. – É estranho o que a gente sente. Quase não há tristeza nesse sentimento. Não há. Tristeza é uma palavra. Quando penso nisso, me sinto culpado por não estar triste agora mesmo. Até mamãe sentiu isso durante o velório, vocês ouviram o que ela disse?

Foda-se a culpa.

– Nunca teria imaginado que o velório de um filho meu seria assim. O velório do Ale. Aquela gente toda. Todo mundo me dizia que nunca tinha vivido nada parecido. As pessoas saíam com o espírito... o espírito elevado. Fica mal dizer que foi bonito? – diz papai, olhando fugazmente na direção de seu quarto, massageando o pulso do braço esquerdo.

Mariela quer saber se ele está se sentindo bem.

– Você está se sentindo bem, pai? O que você tem? – interrompe-o, e lhe manda parar de esfregar o braço, isso a está deixando nervosa. Eu o animo. Digo: Fala, veterano, pode pregar tranquilamente.

Mariela me olha com raiva, em seguida puxa papai pelos ombros para levá-lo até o sofá, mas papai está grudado no chão e pede que ela o deixe quieto.

— Estou bem, Marita — diz a ela. — Não vou me sentar. Se eu tiver alguma coisa, que me pegue de pé, caralho. Eu precisava que Ale morresse para me dar conta de que a morte não existe? Não sei nem a metade da metade de nada, mas Ale não está morto.

Começa a rir às gargalhadas, com o rosto resplandecente por causa das lágrimas que continuam a cair. Se mata de rir agarrando o próprio braço e Mariela se deixa cair no sofá e fica na beira, fervendo por dentro, esperando que a qualquer momento papai caia de cara no chão.

— Era isso que precisava acontecer? Já entendi. Não preciso de outros golpes. Estou bem. Os mortos não existem. Como vão existir se estão mortos? — diz. — Antes, quando falava, me sentia um sábio e era um idiota. Agora me ouço falar e minha palavras são as de um louco demente, e nunca estive mais lúcido em toda a minha vida. Como pode ser? A gente se esquece das coisas para poder se lembrar. Deixem-nos ficar loucos para sempre, por favor.

Fala isso ao léu, negando com a cabeça, ao mesmo tempo que tateia com as mãos a poltrona às suas costas. Quando fica completamente recostado na poltrona, a nuca sobre a beira do encosto, as pernas estendidas apoiadas no chão pelos calcanhares e os braços caindo dos lados, enquanto fecha as mãos e começa a se mexer como se estivesse se espreguiçando, me pergunta se me lembro do que conversamos na segunda-feira à noite na varanda. Claro que me lembro.

– O que Ale fazia quando falávamos dessas coisas, Dani? – me pergunta. – Você se lembra? Ele saía. Ale saía, não se importava com aquilo. Não importa Rockefeller nem nenhum desses idiotas. O que importa é uma coisa só. Não sei que coisa será essa, mas Rockefeller é certo que não é.

– Fique *tranqui*, pai. Tome essa água – ordena Mariela, que voltou da cozinha e lhe alcança o copo.

– Rockefeller – diz papai, sem olhar para ela. – Pobre Rockefeller. Oxalá algum dia ele seja tocado por essas profundezas. É o mais pobre que existe na Terra. Desejo isso a ele de todo coração. Não me deixem dizer seu nome outra vez a não ser que esteja rezando por sua alma. Mamãe também se retira. Ela não gosta dessas conversas...

Então Marie pergunta por mamãe e lhe respondemos em uníssono que está no quarto. Papai lhe pede que bata antes de entrar, porque pode ser que tenha dormido. Queria ficar sozinha.

– Diga a ela que depois eu vou.

Em seguida, finalmente, a violência se desata. Não demora nem cinco segundos. Mariela se esquece de bater antes de entrar no quarto de mamãe. Abre a porta e entra devagar, dizendo mamãe, mami?

– O que você está fazendo? – ouvimos que diz depois, quando já se enfiou no quarto. – O que é isso? O que está fazendo?

Depois se ouve a voz de mamãe, mas não o que ela diz; a voz cada vez mais alta de Mariela se sobrepõe à dela. Conseguimos ouvir mamãe direitinho apenas um pouco mais tarde, quando grita pedindo ajuda.

– Miguel, Miguel! – grita. – Me ajuda, por favor, Miguel!

Mamãe depois disse que Mariela levantou a mão para ela. Se de fato chegou a bater nela ou apenas a ameaçou, eu não chego a ver. Quando entro no quarto antes de papai, que ao se levantar da poltrona ficou tonto e me fez um gesto para que não me preocupasse com ele, mamãe e Mariela são uma coisa só, movimentando-se na beira da cama. Lutam, Mariela inclinada sobre mamãe, ela se defendendo com o joelho levantado. Mariela a solta e se afasta dela quando me vê. As artérias pulam em sua garganta enquanto vocifera que mamãe estava examinando o celular de Ale. Mamãe aperta o peito como se estivesse sentindo uma pontada e respira agitadíssima enquanto sua única filha grita com ela:

— Isso não se faz! Não se faz!

Não participo da escaramuça. Não tenho nada a dizer, embora mamãe e Mariela insistam em me olhar enquanto argumentam sobre quem tem direito a quê e papai trata de mediar a briga. Num dado momento, Mariela aproveita uma distração de mamãe e lhe arranca o celular das mãos. Imediatamente fica de costas para ela para resistir ao seu ataque e tenta quebrar o iPhone de Alejandro com as mãos, como se se tratasse de uma barra de chocolate. Acaba atirando-o no chão. O celular não quebra, fica apenas com a tela rachada, e então Mariela o pisoteia algumas vezes diante do olhar atônito de todos. A última coisa que vejo é papai, que, depois de recolher o celular, pede a Mariela e a mim, ainda no chão, que os deixemos a sós.

Na porta da edícula, Marcos tocava violão sobre um toco de árvore que às vezes usamos para nos sentar. Estava sentado perto do fogo que tinha acendido no chão, junto à *parrilla*. Marcos, que sempre usava o cabelo preso, agora o tinha soltado, e sua boca estava de um jeito igual a quando chupava uma bala, igualzinho a Alejandro quando se concentrava. Me fez pensar no pai de Lucía e no irmão do pai de Lucía.

Mariela entrou direto na edícula, fechou a porta corrediça e começou a andar em círculos, gesticulando com os braços. Depois a vi falando por celular, com Mauro, certamente. Podia-se ouvi-la por entre os arpejos de Marcos, que, num determinado ponto, teve de abafar as cordas para me perguntar o que estava acontecendo. Mal tinha acabado de lhe explicar quando Mariela sai da edícula. O que mamãe queria com aquele telefone. Era isso que queria que lhe explicássemos.

– O que ela vai conseguir examinando as mensagens que Ale recebia?

Segundo Marcos, mamãe tinha algumas suspeitas. Suspeitava de Ana Laura. Tinha dito isso a ele na volta do velório. Não acreditava que Ana Laura tivesse qualquer amnésia. Parecia-lhe que estava escondendo algo.

Não tínhamos chegado à conclusão de que ele foi atingido por um raio?, perguntei, ao que Marcos respondeu pedindo a Mariela que apagasse a luz da edícula e, quando a apagou, as estrelas desabaram sobre nós. O céu tinha ficado límpido e a umidade do ar as fazia brilhar intensamente. Mariela se perguntava o que Ana Laura podia ter feito a Alejandro. Por um segundo, a noite cheia de grilos tornou-se lúgubre.

Marcos ficou surpreso com o fato de que nem Mariela nem eu tivéssemos nos aproximado de Ana Laura e de sua mãe. Ana Laura havia sofrido os efeitos do raio. Além da perda da memória, teve um descolamento de retina e uma queimadura na base do calcanhar. Não estava bem. Estava medicada.

– A mãe é gente boa – disse –, embora estivesse uma fera. Dava para notar que estava na defensiva. Não sei o que ela estava esperando.

Perguntei a Marcos, como se se pudesse saber algo assim, se Ana Laura recuperaria a memória em algum momento. Marcos me respondeu com o olhar. Em seguida começou a tirar uns harmônicos do violão, olhando para o fogo. Será que ela recuperaria a memória algum dia? Quando se lembrasse, o que faria? Iria nos chamar? Mariela não sabia se queria saber. E se sua memória só voltasse dentro de dez anos? Não estava interessada em saber somente dentro de dez anos. Marcos tampouco sabia se queria saber. Em seguida nos perguntou se podia nos mostrar uma canção que havia feito.

Ele a havia feito?

— Eu a compus há pouco — disse, e diante de nosso silêncio nos perguntou se queríamos ou não ouvir a música.

Eu o olhava e o ouvia e era como estar com Alejandro. Você está igual, está soando igual, disse a ele.

— Mostro para vocês ou não? — disse ele. — Mostro.

Marcos não sabia tocar violão. Quer dizer: tocava melhor do que eu, que conheço apenas sete acordes. Ele se dedicava por algum tempo, tinha bastante fluidez com a mão esquerda, mas não era muito capaz de seguir um andamento e dava para notar à distância que não sabia tocar. Meu primeiro cigarro tinha terminado e comecei a fechar outro para escutar a canção de Marcos, me lembrando de que eu também, com meus sete acordes, havia engendrado duas ou três canções, não sem algum orgulho, mas em segredo.

Mariela foi atrás de uma cadeira de plástico e a colocou junto ao fogo. Fazia calor. Devia estar fazendo uns vinte e quatro ou vinte e cinco graus, e Marcos transpirava. Nem bem começou a tocar, assustamo-nos com os passos de papai no caminho de pedra.

– O que você tem no rosto? – exclamou Mariela, que foi a primeira a ver o sangue. – O que aconteceu?

Papai tinha uns arranhões num dos lados do rosto. O sangue disfarçava um pouco as marcas, mas conseguimos percebê-las melhor quando ele se aproximou da luz das chamas, três linhas escuras que iam da bochecha à mandíbula. Uma quarta, muito menor, chegava até a asa do nariz.

– Foi mamãe quem fez isso? Você não limpou nem nada? Tem de limpar. Tem de desinfetar isso – dizia Mariela, que quis lhe passar sua cadeira de plástico.

Papai foi sozinho pegar a espreguiçadeira, situada sob o limoeiro ao pé da horta, e a arrastou até ficar ao meu lado.

– Você está sangrando, pai – disse Mariela. – Está manchando tudo.

Havia gotas de sangue na camiseta branca de papai e na lona da espreguiçadeira. Papai esfregou-as sem maior interesse, ajustou o encosto para não ficar totalmente na horizontal e em seguida se sentou.

– Me traga um pouco de água, Marita, pode ser? – disse. – Você ia tocar algo, Marcos?

– Uma canção que eu fiz.

– Toque – disse papai.

Lembro de perguntar a ele se ia nos contar o que havia acontecido e de Marcos se esticando para pegar uma ponta que tinha deixado no degrauzinho de entrada da edícula, pedindo-me o isqueiro e acendendo-a. Quando Mariela lhe trouxe a água, em vez de bebê-la, papai derramou um pouco na mão e enxaguou as feridas. Fez isso várias vezes e logo deixou o copo no chão, e depois de recusar a oferta de Mariela de lhe trazer álcool ou iodo, disse que não tinha acontecido nada.

– Aconteceu o que tinha de acontecer. Sua mãe falou, eu falei. Ela me respondeu, eu respondi a ela, que não gostou do que eu respondi. Mamãe quer morrer, eu não. Mamãe acha que eu devia querer morrer. Mas eu não quero morrer. Toque, Marquitos – disse, mas Mariela queria saber se mamãe tinha ficado com o telefone de Ale. Queria saber o que ela ia fazer com o telefone de Ale.

– Não importa – ouvi papai dizer enquanto eu dava uma tragada no baseado. – Ela é a mãe.

– E isso quer dizer o quê? – perguntou Mariela.

– Alejandro é filho dela.

– Mamãe não conhecia Alejandro – disse ela. – Sempre o julgou, sempre o criticou, como a todos nós. Nós é que conhecíamos Alejandro.

– Continua sendo mãe dele – disse papai, começando a se erguer, as feridas sangrando menos do que antes, agora apenas um fiozinho.

– Qual é a moral de ser mãe se você não conhece seu filho? – disse ela. – Por que não está aqui, agora, conosco?

– Os pais sabem coisas sobre os filhos que nem os filhos sabem. Marcos, se você vai tocar, toque.

Sem pensar, passei a ponta para papai e ele a pegou e perguntou o que era. Depois deu uma tragada e começou a tossir. Marcos pediu que ele o fizesse suavemente e papai deu outra tragada e quis passar o baseado para Mariela, que recusou com um gesto de mão.

A canção já tinha letra, mas não estava terminada, explicou Marcos, depois de se esticar para tirar o baseado das mãos de papai e jogar o que havia sobrado nas chamas. Ia apenas cantarolar a melodia para que fizéssemos uma ideia de como estava. Não era ruim. Acendi um cigarro e fechei os olhos e depois de alguns compassos agradeci a Deus que fosse muito melhor do que eu havia pensado. Longa e lenta, dedilhada do início ao fim, evocava a estrada, e nem mesmo quando Marcos desafinava a canção perdia seu encanto. Não abri os olhos enquanto Marcos tocava sentado em frente à edícula, onde vou me instalar nos primeiros quatro meses depois de me separar de Brenda, odiando-me por não ter outro remédio a não ser correr para a casa de mamãe e papai, primeiro dormindo no antigo quarto de Marie, mas depois, ao se tornar insuportável a pena que meus pais sentem de mim – especialmente à hora em que vamos nos deitar, na qual reinará um silêncio deprimente, antinatural –, aquilo vai me empurrar em direção à edícula para procurar consolo com Alejandro, que vai dividir comigo seus cafés da manhã e com o qual, à noite, depois de jantar com os velhos, vou me encerrar, ele a compor ou a ensaiar para a prova de admissão à Escola de Música, eu a escrever meus primeiros textos em dez anos, contos sobre pais e mães e filhos e os abismos que se abrem entre eles, cuja atmosfera se verá impregnada pelos "Estudios sencillos", de Leo Brouwer, pela maconha e pela grappa com mel que vamos consumir até que eu pegue no sono, Ale em geral continuando um pouco mais, indo para o mezanino na hora em que eu me atiro num colchão no chão, ele tocando num banquinho à luz de uma lâmpada portátil que não dá muita luz, tocando suave para que eu durma tranquilo, sem nunca se queixar, contente por estar me apoiando, às vezes inclusive se ausentando várias noites seguidas, ficando na casa de alguma garota para que eu pudesse ficar sozinho. Papai fungava, mastigava e engolia, mas não abri os olhos, não até Marcos terminar de tocar, e logo senti que ele mexia os gravetos no fogo.

 Marcos estava com a pilha de lenha ao alcance da mão. Havia deixado o violão no chão para pegar mais alguns troncos em meio à massa de galhos resultante das podas.

Mariela pegou o violão e o encostou na grade da edícula, dizendo que não sabia do que a canção a tinha feito se lembrar, mas que tinha gostado dela. Acendi outra vez o cigarro apagado e só então papai limpou a garganta.

– Vocês não sentem que Alejandro ainda está aqui? – perguntou-nos. As lágrimas ferviam em seu rosto. – Os mortos, em algum momento, terminam de partir?

– O que te arde são as feridas – disse Marie –, não as lágrimas.

– *Gracias*, maconha – disse Marcos então, que não sei como tinha produzido outro baseado e o estava acendendo. – *Gracias*, maconha; *gracias*, baseado; *gracias*, charuto; *gracias*, ganja...

– *Gracias*, vovó; *gracias*, plantinha... – continuou papai. Como estava batendo os dentes de tanto frio, Marcos lhe trouxe uma manta de lã. Papai se enrolou na manta, se tapou até o nariz e só seus sapatos ficaram aparecendo. Tirou-os fazendo dois movimentos, sem usar as mãos. Mexeu os dedos dentro das meias brancas, esfregou os pés e pouco a pouco foi parando de tremer.

Antes de tudo isso, mal chegamos do velório e eu fui até o quarto do computador, que um dia tinha sido o meu, com a intenção de mandar um e-mail para Ricardo, para contar a ele sobre Alejandro. Desde que foi para Barcelona, nós nos escrevemos uma ou duas vezes por ano, sempre em momentos-chave. Não deveria ter me causado nenhuma surpresa encontrar uma mensagem sua em minha caixa de entrada. Ricardo a tinha enviado naquela mesma manhã e consistia em uma única linha. Como vai, Titán?, me perguntava. Mas o fato de Ricardo ter se antecipado a mim reforçou a euforia com que eu havia voltado do cemitério, e contei a ele sobre Ale e o raio num palavrório intenso. Depois, no *post scriptum*, contei-lhe sobre o sonho que havia tido com ele, no qual eu entrava em seu carro vermelho todo descascado ao sair de uma festa cheia de famosos.

    O estranho foi que me respondeu quase de imediato. Em sua resposta, dizia que sentia muito e mandava um grande abraço para mim, para meus pais e meus irmãos. A seguir, dizia: tente não o transformar num herói.

    Eu sabia o que ele queria dizer. Eu dava ouvidos a Ricardo quando ele falava, mesmo que não gostasse do que tinha para me dizer. Fiquei um bom tempo olhando para a tela.

    Durante seu último período em Montevidéu, tinha se proposto escrever um romance autobiográfico com o qual planejava exorcizar até o último de seus demônios. Ele sabia que estava endemoniado. Os artistas estavam endemoniados ou doentes e todas as suas obras eram um chafurdar em sua própria merda ou uma espécie de exorcismo. Um exorcismo meia-boca, porque os artistas eram doentes que não queriam se curar, porque, caso se curassem, deixariam de ser artistas. Esse era seu principal medo, o de que, curados, já não tivessem motivo para criar. Algo assim, pelo menos, havia dito Nick Cave, o herói de Ricardo, numa entrevista. Estou doente, e a última coisa que quero fazer é me curar. Foi Cave quem disse isso ou foi Mick Harvey, seu eterno amigo e guitarrista, referindo-se a Cave? Para mim a atitude de Cave parecia o cúmulo do saudável, para Ricardo o contrário, e se lançará ao romance com a intenção de que seja seu último livro, e será. Nunca irá terminá-lo. Não lembro se o abandonou pela página cinquenta ou sessenta, mas pouco depois exilou-se em Barcelona, onde descobriria que sua vocação era ser médico, não escritor, e vai acabar se dedicando à psicologia da Gestalt.

Ricardo deve ter captado, no modo com que lhe escrevi sobre a morte de Alejandro, traços de minha euforia ou traços de literatura. Deve ter pensado que eu estava construindo uma história com a qual poderia me defender da dor. Embora um raio não fosse algo psicológico – embora um raio fosse mágico –, suspeitei de mim mesmo. Ricardo, inclusive quando se equivocava, sempre tinha um pouco de razão. Talvez a diferença fosse que agora ele via as coisas como um terapeuta e eu continuava a vê-las como um contador de histórias, como um homem das cavernas as veria.

No dia seguinte, dia do meu aniversário, levamos as cinzas de Alejandro para La Paloma. Não eram como o pó produzido pela lenha. Eram cinzentas, de um cinza esverdeado, e espessas como brita. Desintegravam-se ao serem apertadas com os dedos. A pena preta tinha entrado com o caixão na sala do velório. Um dos empregados do cemitério a segurava para que não voasse enquanto rodavam com o ataúde pelo gramado. Será que a queimaram junto com o corpo? As cinzas não viajavam numa urna delicada, mas num recipiente cúbico de plástico, uma espécie de tupperware maciço e cinzento que meu pai prendeu com fita adesiva antes de nos metermos na água, para que não se abrisse.

Antes, nos reunimos na areia. Éramos mais de setenta pessoas. Familiares e amigos tinham vindo de Montevidéu, da Costa, de Maldonado, de Rocha. Estavam ali também os salva-vidas de Zanja Honda e de Los Botes. Não era uma tarde de praia. O vento vinha do sudeste e o céu estava quase todo coberto de nuvens. Lá também estava Agustina, que chegou quando já tínhamos ficado em círculo. Estava com o cabelo muito curto e tingido de loiro e tinha tatuagens nos ombros. Já não era uma coisinha preciosa. Era uma mulher.

Papai, com os arranhões no rosto entre marrons e amarelos, começou segurando a urna. Disse algumas palavras. Terminou propondo que déssemos o braço para a pessoa que estivesse ao nosso lado e que gritássemos um lema dos salva-vidas havaianos. Um cuida de todos, todos cuidam de cada um. Abraçados nessa corrente, repetimos isso três vezes. Em seguida chegou a vez de mamãe segurar a urna com as cinzas de Alejandro. Tantas emoções a atravessavam que sua expressão era de assombro. Falou muitas coisas. O que mais disse foram as palavras: meu filho. Quando terminou de falar, Agustina se aproximou dela e estendeu-lhe as mãos. Caminhava devagar, nervosa. Mamãe ainda pensou fugazmente antes de lhe passar a urna.

Alejandro e Agustina tinham perdido a virgindade juntos, ele com 16, ela com 15. Quando estava com as cinzas de Alejandro nas mãos, Agustina abraçou-as com ternura. Depois levantou-as e fez um giro completo mostrando-as às nuvens, ao vento e a toda aquela areia que se estendia até a lagoa. Não tínhamos um ritual. Não sabíamos de onde vínhamos nem para onde íamos, mas enquanto Agustina levantava suas cinzas, mamãe não foi a mãe de Ale. Ninguém poderia entender sua dor, mas, enquanto aquilo durou, mamãe foi a irmã de seu filho; mesmo que tenha sido por um segundo, foi sua irmã.

Éramos mais de vinte os que entramos na água com nossas pranchas. Havia um pico baixo, com ondas de menos de um metro de altura. Entrando pelo repuxo, chegamos até depois da arrebentação e formamos um círculo.

Papai ficou no meio. Quando quis retirar a fita da urna, não conseguiu. Ele a tinha apertado demais e ela estava molhada. Via-se que estava nervoso, e num dado momento se rendeu, levou a urna à boca e começou a rasgar a fita com os dentes como um neandertal mastigando o cordão umbilical de seu recém-nascido.

Saí rápido da água. Não fiquei para surfar. Nem teria conseguido, estava muito fora de forma, e as ondas tampouco estavam boas. Fazia dez anos que eu não pegava ondas: a poucos quilômetros dali, na foz da lagoa, tinha ganhado uma hérnia de disco. Poderia ter ficado apenas sentado na prancha, rememorando, mas naquele dia as lembranças me atacavam sem que eu as convocasse. Durante toda a viagem para La Paloma com as cinzas no Fiat Prêmio eu também havia estado dentro do Ami 8, depois no Ford Falcon e na Belina, vendo o campo passar, sentindo que a praia esperava por nós, o sal do ar, a cabaninha de Rincón del Rosario, a respiração dos pinheiros. Logo paramos por um momento em frente à cabana, nossa cabana, que desde a crise de 2002 tinha passado às mãos de um viúvo, carpinteiro de profissão, e nessa cabaninha de seis por cinco íamos dormir cedo, cansados, tão pequena que tinha um só ambiente, por mais que houvesse um mezanino onde meus pais e Mariela dormiam, e com as luzes apagadas nos púnhamos a conversar. Repassávamos o dia, repassávamos as ondas religiosamente e então, fosse o que fosse que estivéssemos conversando, começávamos a achar graça. No escuro, no silêncio da casa, qualquer coisa soava cômica, inclusive o barulho dos cupins-do-mar comendo a madeira por dentro. O som da voz no escuro era extravagante e, muitas vezes, quando o sono já começava a nos dominar, não distinguíamos quem estava falando. Em seguida já não dizíamos frases inteiras, apenas palavras soltas. Palavras inventadas, palavras mal pronunciadas, ruídos que iam se deteriorando. Lá de onde dormiam, papai e mamãe nos pediam silêncio e às vezes os ouvíamos rindo das coisas que dizíamos e de nossas risadas, e baixava sobre a casa um sentimento de gratidão. De repente havia passado um longo tempo desde que o último de nós tinha falado alguma coisa. Você dizia algo para sondar o ambiente e às vezes chegava uma resposta meio sufocada, isso se você já não houvesse dormido inadvertidamente no meio de tudo aquilo, protegido contra qualquer escuridão futura.

Tia Laura veio ter comigo nem bem cheguei à margem. Por algum motivo ofereceu-se para me ajudar com a prancha. O grupo que tinha permanecido em terra havia se deslocado mais para trás, para mais perto das dunas. A tia me desejou um feliz dia. Tinha se esquecido de fazer isso antes. Mamãe olhava para o mar, os pés descalços e molhados. Procurei por Agustina. Procurei-a com o olhar, logo me animei a perguntar por ela. Alguém que a conhecia a tinha visto ir embora.

Somos vinte, talvez trinta os que entramos na água com nossas pranchas. Havia um pico baixo, com ondas de menos de um metro de altura. Entramos pelo repuxo e formamos um círculo depois da arrebentação, com papai no meio. Quando quis retirar a fita da urna, descobriu que a tinha apertado demais e que estava molhada, e num dado momento se rendeu e começou a rasgá-la. No momento em que finalmente conseguiu abrir a tampa, ergue-se uma onda fora de série.

As ondas chegam à costa ordenadas em séries. Séries de três, séries de cinco, séries de sete, o que for. Em seguida, quando a série termina, há um período de calma. De tanto em tanto, imprevisivelmente, nesse remanso aparece uma onda muito maior que as outras. Pode chegar a ter o dobro da altura das ondas das séries e, portanto, quebra antes, e em geral pega os surfistas desprevenidos, que então se veem obrigados a remar em massa até o fundo para que a onda não quebre em cima deles. A onda fora de série que se ergue no preciso instante em que meu pai abre a tampa da urna tem pelo menos dois metros e, se ela se quebrar, será praticamente impossível para papai conseguir segurar o frasco com toda aquela espuma. A onda se ergue e ondula como se fosse quebrar, mas não quebra. É cinza e ameaça quebrar umas duas vezes, mas logo engorda e nos levanta a todos em sua ondulação. Papai, ousadamente, derrama as cinzas sobre sua crista.

Quando saio da água, noto que o grupo que ficou em terra se moveu para trás, em direção às dunas. Tia Laura vem logo falar comigo. A onda em que as cinzas de Alejandro tinham viajado havia superado a última marca de água na areia em mais de vinte metros e todos tiveram de correr, e mesmo com pressa tinham tido de levantar as bolsas e as roupas que estavam no chão para que não se encharcassem. A água havia molhado seus pés.

– Sua mãe e eu nem nos mexemos. Era Ale nos dando seu último abraço. Esse é o tipo da coisa que depois você conta e ninguém acredita – diz a tia.

Agustina não apareceu às oito e meia, quando chegaram os salva-vidas de Santa Teresa e de Punta del Diablo e todos os da brigada de Rocha que conheciam Alejandro e que não tinham podido trocar de turno. Liguei para ela duas vezes. Atendeu na segunda. Continuava em La Paloma, não tinha ido para Montevidéu. Estava num lugar que lhe fazia lembrar de Alejandro. Eu queria estar lá com ela. Quero estar aí contigo, eu disse, mas ela não quis me dizer como localizá-la.

Em menos de meia hora todos os salva-vidas já estavam reunidos, homens fortes cheirando a sol, homens jovens que tinham trazido ramos de flores comprados não sei onde. Eu conhecia poucos deles. Marcos e meu velho conheciam quase todos. Estavam lá o Canário e o Anão. Fiquei perto deles: tinham encontrado Alejandro na guarita. Estava morto, mas tinham tentado ressuscitá-lo.

Em dado momento escutei alguém dizer, num pequeno grupo, que Alejandro não tinha sido um guarda-vidas. Salva-vidas sim, guarda-vidas não.

– Alejandro não fazia prevenção. Ele gostava de fazer resgates.

O sujeito falava isso como uma crítica, num tom ciumento, acusando Ale de ser irresponsável. Para um deles, isso pareceu cômico ou digno de celebração, e riu.

Em seguida, quando estavam todos prontos, meteram-se na água com seus ramos de flores. Nadavam tratando de manter as flores fora da água. Marcos também se jogou na água, em pelo. O sol estava se pondo e não era um entardecer colorido, era metálico. Meteram-se na água nadando pelo repuxo, que com sua força os arrastava e os separava.

Falta acontecer uma infinidade de coisas. Falta, por exemplo, que eu fique esquelético para deixar todo mundo preocupado e para tentar captar Ale em sua nova sintonia, e que passe a falar com ele em voz alta durante a noite, perguntando-lhe como é isso de estar morto, e que ele não responda nunca, e falta que um dia, finalmente, eu me permita imaginar seus últimos instantes dentro da guarita de Playa Grande. Eu me proibiria disso durante toda a primeira etapa: por algum motivo, não podíamos saber nada sobre aqueles momentos, dizia a mim mesmo. Ana Laura, a única testemunha, havia perdido a memória, deixando Ale sozinho com sua própria morte e nos deixando com um mistério perfeito. Qualquer suposição me fazia ranger os dentes. E se ele teve medo, e se tentou telefonar, e se havia se arrependido de ter ido para a guarita. Parecia-me que estavam querendo roubar de Alejandro algo sagrado. Sua morte era sua e de mais ninguém, e eu queria que a deixassem em paz. Em seguida, no entanto, numa noite de tempestade, em casa com Clara, imaginei a cena. O vento soprava do sudoeste e havia muitos trovões e relâmpagos e os galhos das árvores se quebravam. Logo faltou luz e no resto das horas em que ficamos acordados nossa iluminação foi com o fogo da estufa. Os trovões soavam forte, de muito perto, e ela estava com medo. Estava preocupada porque não se lembrava se tinha fechado as janelas de sua casa e começamos a fazer amor, em parte para que ela se distraísse. Eu estava puro osso, pesando 75 quilos, e Clara se excitava, ficava cada vez mais exigente, e comecei a me agitar e a perder força. Ela e Brenda eram as únicas a criticar minha magreza; me incentivavam a comer. Brenda me pedia para pensar em meus filhos e eu teimava, dizia para mim mesmo: não vou comer por causa de meus filhos, não vou convertê-los na razão de minha vida, não vou fazer isso com eles. Ela via que eu estava mal dos pulmões e me dizia: isso para os chineses significa melancolia. Mamãe também me fazia saber que meu estado de saúde não lhe era indiferente, mas à sua maneira, me dizendo que, magro assim, meu rosto ficava feio. Naquela noite, Clara estava me olhando por cima do ombro, à luz dos relâmpagos e do fogo, quando desabei em suas costas. O coração batia a mil. Me sentia raquítico, fininho, e cheirava mal, como um moribundo.

Com meus espermatozoides se perdendo em sua vagina blindada, Clara me massageava para prolongar meu prazer e eu soube – agora era tão óbvio – que Ale havia sentido medo e que em algum momento seus olhos, como os meus, tinham de ter olhado com tristeza para tudo o que o cercava. Por momentos também passeavam pelas paredes nuas e pelo teto da guarita, fazendo-o se lembrar dos invernos a que a guarita havia sobrevivido, o cuidado que o Anão e o Canário tinham com ela, já que moravam em Punta del Diablo o ano inteiro e tratavam de consertá-la e de deixá-la impecável para quando chegasse a primavera. Aí recuperava a fé e se via recebendo o sol da manhã, havendo passado o susto, a noite convertida numa história. Também deve ter pensado em nós, como eu agora pensava em meus filhos, em meus pais, em meus irmãos. Tinha de ter experimentado, como todo homem, as emoções fétidas que qualquer um sentia na hora da morte. Eu o via com sua namoradinha, acalmando-a. Via-os fazendo amor, ele um viking com seu pelame solar, dando seu último suspiro dentro dela, ela enlouquecendo em meio à atmosfera carregada de estática. Agora que lembro disso, parece uma ingenuidade, mas em certo momento pus meu irmão a dançar e cantar entre as explosões. Cantava uma rancheira que havia improvisado na sala de casa em frente à estufa, numa das noites daquele mês e pouco em que tinha morado comigo depois de abandonar o apartamento de Montevidéu. Eu lhe dizia, não totalmente a sério, que era a melhor canção que ele já tinha feito e ele não gostava disso porque a havia feito de brincadeira. A rancheira de repente se transformava num tango, depois num rock e por último numa valsa. Livre como um pássaro que voa de noite / tanto quanto de dia, dizia a letra. Livre como um peixe que nada no Atlântico / tanto quanto no Pacífico. Uma ave / struz que corre pela savana, cantava Ale em minha imaginação. Um lençol branco / jogado no jardim. Quem teria sido? / Teria sido Marilyn? Era muito provável que em algum momento da noite tivesse pegado o violão. Ao mesmo tempo, era quase impossível que tivesse escolhido essa canção em particular, mas eu tinha toda a liberdade do mundo; podia imaginá-lo como quisesse, e o imaginava atirando sua letra mais involuntária contra o muro de sons que tinha se fechado ao seu redor. E depois havia o filme de sua vida, aquele que supostamente se vê quando se morre. Se Ale era algo, era esse filme incrível que havia esperado 31 anos para que somente ele pudesse vê-lo, e isso eu não conseguia imaginar. Era muito provável, também, que, se a garota permitiu, Ale tenha dormido mesmo sentindo a pressão infinita do cosmos sobre seu pobre corpo. Era capaz de conciliar o sono em qualquer lugar, em qualquer posição.

Mas o livro termina aqui, na noite seguinte ao seu velório, enquanto papai come uma maçã junto à espreguiçadeira e estica as pernas. Marcos, suado e sem camiseta, recebe o calor do fogo nas mãos. Mariela se alterna entre olhar as chamas e olhar em direção à casa. Eu estou com câimbras nos pés: depois de tirar os Adidas, sinto a forma da planta de seus pés na planta dos meus. Sinto em meus músculos a pressão das linhas de sua pegada nos tênis, sobre a qual venho caminhando o dia inteiro.

Mariela se preocupa com mamãe. Preocupa-se com que mamãe tenha feito alguma cagada. As luzes da casa continuam todas acesas e não se ouve um só ruído. Alguém teria de apagá-las. Por que não ia e as apagava?

– Sua mãe não vai fazer nada – papai a tranquiliza.

– Disse que queria morrer.

– Seria incapaz de fazer algo assim.

Mariela – e é uma daquelas coisas que não funcionaria em um romance – está grávida. Ela ainda não sabe disso. Não é uma gravidez que tenha buscado. Vai ficar sabendo uma semana depois. Vai ligar para me contar num mar de lágrimas. Eu vou lhe perguntar se finalmente será o menininho. Ela dirá que é o que menos lhe importa. Grávida de um menininho com um organismo impecável, sentindo, sem sabê-lo, que está às portas do mistério da reparação. Mariela diz:

– Amanhã vou pedir perdão a ela.

– Sim, melhor amanhã. É melhor deixá-la tranquila.

Durante a noite, mamãe vai atender duas ligações para o celular de Alejandro. Duas mulheres: uma delas, do grupinho de amigos de Marcos, vai lhe dizer que Alejandro lhe salvou a vida. Que uma tarde tinha vindo ver Marcos e em seu lugar estava Ale, que a convidou para tomar um mate e teve paciência para escutá-la, e que depois a acompanhou até a parada de ônibus e ali, com um daqueles seus abraços, sem palavras, a tinha feito desistir da ideia de tomar uma cartela de Lexotan. Será a primeira de muitas noites em que mamãe vai dormir com o iPhone de Ale sob o travesseiro. Ninguém jamais vai conseguir entender sua dor.

Também vai se encarregar de colocar fotos de Alejandro em toda parte. Sobre o parapeito da estufa, seu bebê mais bonito ficará retratado numa sequência interrompida apenas pela foto de Mariela e Milena, que segue ocupando o lugar central.

– Boa ideia – direi a ela quando me mostrar as fotos no dia seguinte, embora minha razão diga o contrário.

O que faríamos com a morte de Alejandro? Permitiríamos que nos deixasse igual a como vínhamos vivendo? Qual teria sido seu desejo? Para que servia a família?

Às três horas meu celular tocou. Papai dormia em sua espreguiçadeira, Marcos fumava. Por algum motivo, Mariela achou que era mamãe quem estava me ligando e me seguiu pelo caminho de pedra com a intenção de vigiar nossa conversa. Tive de dizer a ela, e repetir, que se tratava de uma ligação pessoal, para que me deixasse tranquilo e voltasse para perto do fogo.

– É a Brenda? – me perguntou. – Seja inteligente – me disse depois, antes de se dirigir para a edícula.

Foi estranho que tenha me dito isso. Mariela não sabia nada sobre o que haviam sido estes últimos tempos entre mim e Brenda. Pelo menos eu não tinha falado sobre esse assunto com ela. Talvez Alejandro tivesse comentado algo. Em todo caso, seu conselho ficou reverberando em mim. Mariela tinha sido a única, em minha crise dos 19 anos, a chegar perto de mim para dizer que lhe doía me ver tão mal. A única que havia chorado junto comigo. Seja inteligente. Seja inteligente.

A morte de Ale era como a morte de algo que morria num bosque ou num jardim. Uma folha, um galho caído, um pássaro. Ia ser alimento para outras árvores, outros bichos: era isso o que não podia deixar de acontecer. Pensava nisso quando atendi.

Brenda ligou para me dizer que estava sem sono. Fiquei mudo quando ela disse isso. Naquele momento, me veio à mente a lembrança do primeiro e único fim de semana que passamos em La Paloma. Naquele fim de semana, nem um mês depois de termos nos conhecido, tínhamos decidido que viveríamos juntos e que teríamos filhos. Mas não decidimos, não raciocinamos: nós soubemos. Tínhamos nos juntado para isso. Era algo quase impessoal; a natureza havia nos juntado para fazer mais vida. Eu dizia a ela: tomara que tenham os seus olhos. Olhava dentro de seus olhos quando nos acasalávamos. Algo dentro de seus olhos invocava algo que havia dentro dos meus, e o que havia dentro dos meus ia ao seu encontro. Eu sabia que aquilo que subia de trás de seus olhos e dos meus iria dar corpo aos nossos filhos, tanto ou mais do que o encontro de nossos gametas.

O gordo a havia despertado com seus roncos e não conseguia mais dormir, dizia Brenda, enquanto eu caminhava entre dois mundos vendo as borboletas que voavam ao nosso redor. Nunca tinha visto borboletas em Los Botes. E não era uma borboleta nem duas: eram dezenas de borboletas esvoaçando à luz do sol. Brenda não gosta de praia. Não gosta de se mostrar em público e não gosta das ondas, mas estávamos em março e La Paloma estava vazia. A água estava mansa como um lago, muito azul, e ela tinha saído com uma minissaia jeans e umas sandálias de salto coloridas, com sola de borracha. Éramos ela e eu. Caminhou com seus saltos de borracha pelas ruas de terra e em seguida pela areia instável. E de repente, quando nos abraçamos e ela me envolveu com suas pernas, as borboletas: o puto universo nos dando sua benção.

Atendi na garagem. Minha voz retumbava. Não quis falar muito até sair para a rua. A casa de meus pais estava em completo silêncio e mamãe seguramente poderia me ouvir. Seja inteligente.

— Ele me acorda todas as noites — ela dizia. — Me sento e olho para ele. A barriga que ele tem. Te juro que olho para ele e às vezes não consigo entender o que estou fazendo com esse cara.

Assim que cheguei à rua, pensei no fato de que Brenda estava apenas a umas poucas quadras. Não devia haver nem quinhentos metros entre nós. Quinhentos passos. Dois, três minutos. Ela continuava falando sobre Fabricio. Dizia que não sabia o que havia entre eles, mas que era um afeto. Obviamente, ia além do físico. Em certo sentido eram como irmãos. Irmãos ou amigos. Era algo totalmente novo para ela. Estive a ponto de lembrá-la de que já havia me dito isso uma vez. Falava baixinho. Eu a imaginava sentada na cama ao lado do gordo. Quando finalmente abri a boca, foi para lhe dizer que vinha pensando nas borboletas. Isso fez com que ela se calasse. Disse isso, borboletas. Não precisava acrescentar nada. Borboletas, para nós, era aquele momento em Los Botes. Quem iria acreditar que numa certa manhã havia borboletas na praia, voando sobre a superfície do Atlântico, enquanto um homem e uma mulher faziam amor? Quem iria acreditar nisso e a quem isso poderia importar?

— Aquilo foi lindo — ela disse. — Aquilo foi romântico. Aquilo foi um pedacinho de glória. No começo, tudo era assim contigo.

Nada daquilo deveria ter me importado na noite seguinte à do velório do meu irmão. Era de se supor que a morte de Alejandro tivesse colocado tudo em perspectiva, mas não pude me controlar. Disse a ela que aquilo sempre seria um pedacinho de glória e ela, como se já tivesse a resposta pronta, disse que era uma pena que não se pudesse viver nesses pedacinhos de glória para sempre.

Em seguida houve um silêncio. Brenda sorvia uma xícara de chá ou fumava. Poderia ter continuado a caminhar a noite inteira escutando aquele silêncio, mas num certo momento ela voltou a tomar a palavra. Disse que este era o problema do romantismo: ele terminava, não durava nada. Respondi dizendo que não fui eu quem colocou aquelas borboletas ali. Ela tampouco o havia feito. Ninguém as tinha posto ali. Não tinha sido romântico.

Tinha sido real, eu disse. Brenda disse que o amor romântico não era amor.

— As pessoas podem chegar a matar por causa desse tipo de amor — ela disse.

Então eu nunca a havia amado. Acho que cheguei a dizer isso, mas Brenda não me ouvia e continuou como se não fosse nada.

— Quando você foi embora, eu senti um rasgão aqui, na barriga. Como se tivessem me arrancado algo pela raiz. Não parava de chorar. Passei dias, semanas chorando. Não sabia o que estava acontecendo comigo. O nosso lance foi especial. Não é algo que aconteça com todo mundo. Não sei o que estou fazendo com esse cara. É gordo, ronca de noite, mas é um homem bom, e com ele não tenho medo. Tenho medo de passar a vida indo de um homem para outro — dizia.

Naquele momento eu já estava parado em frente à sua casa.

A casa tem dois andares. A única árvore no jardim da frente é uma palmeira alta e velha. Brenda me fez entrar na primeira vez em que vim trazer os meninos, em meados do mês de janeiro. Devia ter ficado do lado de fora, mas o dono da casa não estava e ela queria me mostrar os quartos dos guris no mezanino. Agora cada um tinha o seu quarto, e eram amplos e davam para os fundos. Rumo à cozinha, onde me ofereceria um mate, me mostrou o quarto de casal no térreo. Atrás de uma porta fechada tinha conseguido montar um consultório. Eu olhava para tudo de uma maneira confusa e cheguei a notar, pela janela da cozinha, a sombra de uma parreira e uma pequena piscina, de quatro por dois metros. Ao longo de um dos muros divisórios havia um ambiente para churrasqueira que haviam arrumado para que Yamila pudesse dormir ali.

    A luz da sala, que dá para a frente da casa, está acesa. Ali Brenda toma seu chá sentada à mesa com o telefone ao ouvido. Quando lhe digo que posso vê-la da rua, aproxima-se da janela. Em seguida vai até a frente e me abre o portão descalça, de agasalho e camiseta. Deixe-me entrar, digo. Vamos conversar.

    Vendo que estou falando sério, me leva pela mão até a cozinha, perguntando-me como estamos todos, arrumando suas tranças; põe água para esquentar e cruza os braços. Por um longo tempo, a única coisa que se ouve são os roncos de Fabricio. Vamos falar sobre aquilo que estávamos conversando, estava a ponto de lhe dizer, mas ela se adiantou a mim. Descruzando os braços, diz que está aberta a ter relações comigo. Ela o diz com essas palavras:

— Dani, eu estou aberta a ter relações com você. Venho pensando nisso e é o que quero.

    Diz isso em minha cara. Supostamente, falou com Fabricio naquela mesma tarde. Fico sabendo que, para Fabricio, parece a coisa mais natural do mundo que ela queira ter relações com o pai de seus filhos. Se pudesse escolher, escolheria que ela tivesse relações apenas com ele, mas, se é disso que ela precisa, acha que o pior que Brenda pode fazer é reprimir esse desejo.

— O desejo continua aí — diz ela, respirando fundo. — Isso eu não posso negar.

Fabricio é um homem bom. Simples, um pouco bruto, mas um homem bom, diz Brenda, e meu coração se congela e minha ossada se cobre de uma camada de aço dos pés à cabeça. Não chego a lhe responder, mas seus olhos se abrem como se eu tivesse lhe dito uma barbaridade quando a pego pelo pescoço. Brenda se pendura em meus antebraços, fala meu nome. É pouco o ar que passa por sua traqueia. Eu podia sentir Mariela no fundo de minha cabeça, como se tivesse me seguido por todo o caminho e estivesse parada atrás de mim. Queria arrancar o seu pescoço. Embora soubesse que não ia matá-la, pensei: se a mato, me liberto, e apertei um pouco mais. Seus olhos não sabiam o que estavam vendo. Então me vi comendo-a ali, em sua cozinha nova, em meio aos roncos do gordo. Eu a sentava na bancada de madeira, tirava sua calça e metia. Naquela posição, eu sentia que lhe chegava até o umbigo. Algo que não era prazer nem dor a obrigava a segurar com a mão aquela parte um pouco mais acima da cintura. Eu sempre parava quando seus olhos se umedeciam. Brenda sempre me dizia para continuar. E eu continuava, admirado e ciumento por aquela coisa inexplicável que ela sentia. Duas vezes não. Duas vezes tinha sido ela a me pedir que parasse, então eu sempre parava e perguntava.

Que complicação que seria, disse a ela quando a soltei.

Vou levar os guris para caminhar, disse-lhe depois, enquanto recuperávamos o fôlego. Eu também estava agitado. Brenda não parecia a ponto de me retribuir a agressão, e pedi a ela que me ajudasse a acordá-los e a vesti-los. Não fiquei desconfiado por ela não ter oferecido muita resistência; apenas me pegou pelo braço ao sair da cozinha, dizendo que esperasse, que era de madrugada.

É por pouco tempo, eu disse. Depois eu os devolvo. Prometi-lhe isso.

Por mais que o calor não diminuísse, colocamos tênis e um casaquinho nos meninos. Paco se levantou rápido. Estendeu os braços para mim logo que abriu os olhos e, embora não entendesse muito bem o que estava acontecendo, estava entusiasmado. Enquanto a mãe o vestia, Juan se deixava cair para trás, sobre a cama. Descemos com ele pelas escadas segurando-o pela mão, e só depois de tomar um copo d'água é que despertou um pouco. Perguntou aonde íamos. Estava com muito sono.

– Vamos passear – disse Paco, repetindo minhas palavras. – É só um pouquinho, nada mais.

O céu continuava atravessado por nuvens violeta. Os cães, quando nos ouviam, começavam a latir. Levei-os na direção da praia pela Rua Ecuador, a rua onde ficava nossa casa. Sabiam que eu tinha sido criança nesse bairro? Agora eles iam ser crianças no mesmo lugar em que eu havia sido.

No começo eu os levava pela mão e eles escutavam, pareciam atentos. No caminho da praia havia quatro casas que o vovô Miguel dizia que eram as casas dos três porquinhos e do lobo mau. Ainda estavam ali. Fui mostrando-as para eles. Nós acreditávamos na história toda. As casas iam aumentando de tamanho. A última, a do lobo, era gigantesca e estava abandonada e nos dava calafrios. Ficava em frente à praia e era um casarão de três andares com um telhado de duas águas inclinadíssimo, sempre escura, imunda, o jardim com a grama crescida. Tinha ganhado algum esplendor muito mais tarde, quando foi convertida num colégio experimental. Agora, estava de novo abandonada e cheia de mato. Àquela altura da noite, era um espetáculo aterrador. Um dos dois sussurrou:

— A casa do lobo.

Cruzando a Avenida del Parque, mostrei a eles o lugar onde havia dado meu primeiro soco. Íamos Ale, Federico — meu melhor amigo — e eu. Eu tinha 12 anos, Alejandro tinha 6. Tinham nos mandado comprar algo no El Grillito, um armazém mais bem abastecido do que aquele que ficava na esquina de nossa casa. Alejandro ia recolhendo pedrinhas. Quando chegamos ao lugar exato, nos detivemos.

Ali, do outro lado da rua, vai estar um guri magrinho com um amigo. De repente vem e começa a me empurrar, digo a eles. Vai me empurrar e vai me dizer que Ale está juntando pedras para jogar neles. Eu vou lhes dizer não, nada a ver, ele está brincando, é meu irmão mais novo, é pequeninho, está juntando pedras para colecionar, mas o garoto insiste, insiste, diz que eu falei para meu irmão que juntasse as pedras para jogar nele. E juro para vocês que nem pensei. De repente meu braço sai disparado e vai aterrissar na cara, na orelha do garoto, e ele fica jogado ali, quase na sarjeta. Depois, quando se levanta, começa a gritar para nós, mas já não se anima a chegar perto, e vamos embora. Vai nos jogar umas pedras quando já estivermos bastante longe, mas nenhuma nos atinge.

— O que o amigo desse garoto fez? — perguntou Juan.

O amigo não queria ter nada a ver com aquilo, me parece. Olhava tudo e ria. Sabem de que começamos a chamar esse magrinho briguento desde aquele momento? Casca-pedras. Não sei por quê. Mas cada vez que passávamos em frente à casa, dizíamos: a casa do Casca-pedras. Mas é capaz que ele nem morasse ali, porque nunca mais o vi.

Paco e Juan me acompanhavam. Estão acostumados a caminhar. Quando morávamos em Villa Argentina com sua mãe, antes de comprar o carro, íamos caminhando para tudo que é lugar. À praia, à Tienda Inglesa de Atlántida. Às vezes eu não me dava conta de que caminhava em meu ritmo normal, mas eles não se queixavam. Davam seus passinhos rápidos, e em trajetos de vinte ou trinta quadras só nos sentávamos uma ou duas vezes para descansar debaixo de alguma sombra.

Baixando pela San Francisco, desembocamos na praça de La Frutilla. La Frutilla era um cedro de mais de seis metros de altura, um cedro alto e gordo no formato de um morango invertido. Já não era assim. Havia perdido toda a sua folhagem. Os galhos de todo um lado haviam desaparecido por causa de algum temporal, ou talvez a árvore já tivesse começado a secar. A trama dos galhos da Frutilla era tão perfeita e compacta que podíamos trepar por dentro dela até o alto, depois nos sentar nos galhos e descer deslizando como por um tobogã. Os galhos eram flexíveis e os últimos paravam a um metro do chão. Nos enfiamos sob a cúpula quebrada da Frutilla, e Paco e Juan levantavam a vista e se admiravam. Viam a mim e a meus irmãos descendo pelo maior tobogã do mundo.

Alejandro vai quebrar o braço aqui. Em vez de descer meio deitado, quis descer o mais sentado possível, e por fim vai sair voando de cabeça. Por sorte vai colocar o braço à frente, porque, se chegasse a cair de cabeça, ia acabar quebrando-a. Eu me lembrava de Ale com o gesso, que lhe chegava quase ao ombro. O gesso iria coçar, e às vezes ele se sentiria orgulhoso disso.

Paco é um menino inteligente, um menino ligado. Me perguntou por que estava falando de um jeito estranho.

– Por que você está falando como se tudo fosse no futuro? – me perguntou. – Se tudo isso já aconteceu.

Então pensei em Brenda. Imaginei que a havia estrangulado e que agora estava morta na cozinha de sua casa e me enchi de emoção. Por um segundo me pareceu que ouvia sirenes. Mal saímos e Brenda havia chamado a polícia para denunciar que eu havia raptado seus filhos. Nunca tinha me visto assim. Eu nunca tinha explodido. Podia sentir a marca de seus dedos em meu antebraço.

Então Juan falou:

– Tio Ale foi para o céu.

Logo depois de dizer isso, fez *buááá buááá*, fingindo chorar. Provocou em mim uma sensação estranha, mas em seguida achei graça. Logo os dois começaram a correr ao redor da árvore. Depois chegaram perto do tronco e tocaram nela, levantando as mãos, mas os primeiros galhos estavam altos demais para eles.

As sirenes estavam se aproximando; eu agora podia ouvi-las claramente. Podia ver as luzes dos carros da patrulha girando por cima dos telhados das casas. Shangrilá é linda à noite, tão quieta. As árvores e as casas se confundem e dá para ver o céu como no campo. Quando os meninos viram as luzes e sentiram que o barulho se aproximava, voltaram a ficar de pé ao meu lado. Eram filhos de um amor assassino. Por isso eram fortes e estavam saudáveis e cheios de energia. Se algum dia fossem me dar netos, que fosse por um amor assim. Não se assustem, disse a eles. Então Paco me perguntou se eu tinha chorado muito pelo tio Ale. Ainda não, respondi.

– Eu choraria se você morresse – disse ele. – Eu vou chorar se Juan morrer.

— Eu não vou morrer – disse Juan.

— Todo mundo morre – sentenciou Paco.

— Eu não – replicou Juan. Depois me perguntou se eu estava chorando.

Eu não estava chorando. Estava com lágrimas nos olhos, mas não estava chorando. Juan também estava com lágrimas nos olhos, lágrimas genuínas agora. Perguntei a ele se nunca tinha me visto chorar.

— Eu vi papai chorando – disse Paco. Depois me perguntou quando eu choraria pelo tio Ale.

Eu não queria chorar duas lágrimas iguais. Queria que cada lágrima valesse alguma coisa. Ia escrever sobre isso.

Este livro foi composto com tipografia Adobe Garamond Pro
e impresso em papel Off-White 80 g/m² na Formato Artes Gráficas.